SWORD ART ONLINE
U0025982
017
REKI KAWAHARA abec bee-pee
SWORD ART ONLINE
Alicization Awakening

「讓妳久等了，亞絲娜。」
詩乃§
使用超級帳號02「太陽神索魯斯」
登入Underworld的「狙擊手」少女。

「那個……午安。還是應該說早安呢？」
莉法 §
桐人沒有血緣關係的妹妹。
使用超級帳號03 「地神提拉利亞」
登入Underworld。

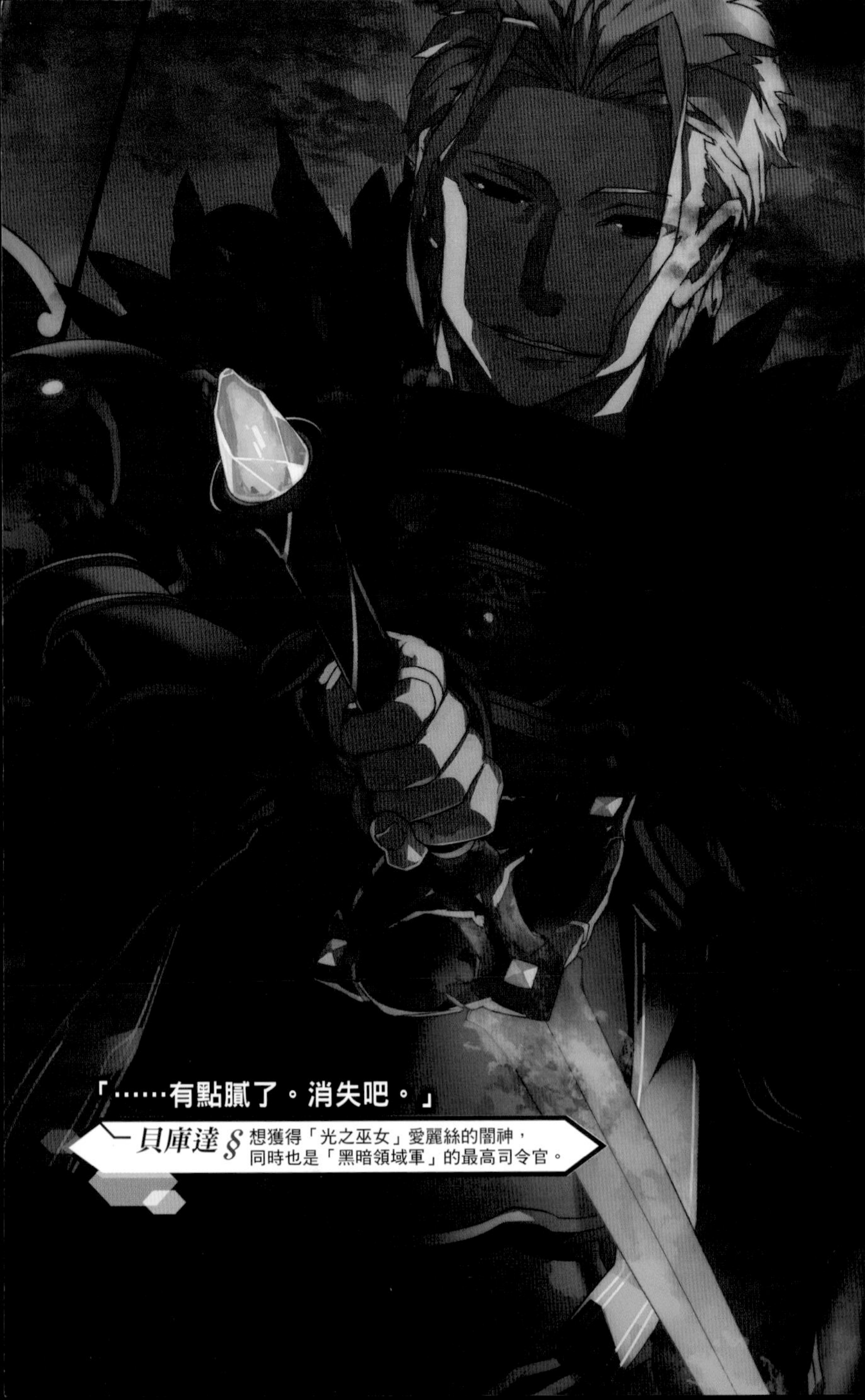
「……有點膩了。消失吧。」
貝庫達
想獲得「光之巫女」愛麗絲的闇神，
同時也是「黑暗領域軍」的最高司令官。

「看來你的劍技倒是不怎麼樣嘛……皇帝陛下。」
貝爾庫利 §
「時穿劍」的擁有者。
身為「人界軍」攻守關鍵的
整合騎士騎士長。

「Subtilizer……你為什麼會在這裡！」
「……我和妳確實是在
Gun Gale Online的大賽裡對戰過吧。
沒想到會在這種地方遇見妳。」
Subtilizer §
原本以超級帳號04「闇神貝庫達」
登入Underworld的加百列．米勒
在「Gun Gale Online」的虛擬角色。

「嗚……啊啊啊……！」
「聞得到……聞得到啊……
竟然有如此甜美的天命香味…………」
蒂伊．艾．耶爾
§「黑暗領域軍」的暗黑術師公會總長。
遭到整合騎士愛麗絲的廣範圍攻擊後
應該消滅了才對……

「地底世界大戰」戰況

「最終負荷實驗」第二天

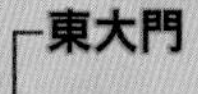

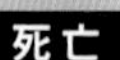

插畫／來栖達也

「這雖然是遊戲，
但可不是鬧著玩的。」

——「SAO刀劍神域」設計者．茅場晶彥——

SWORD ART ONLINE
Alicization Awakening

REKI KAWAHARA

abec

bee-pee

017

第二十章　各自的戰鬥　西曆二〇二六年七月七日／人界曆三八〇年十一月七日

1

上午五點。

位於VRMMORPG「ALfheim Online」世界地圖中央的中立都市阿魯恩，其中央有一棵高聳入雲的世界樹，目前有超過三千名玩家聚集在世界樹根部的巨蛋當中。

過去守護巨蛋頂端大門的有翼騎士怪物已經被撤除，這個地點目前是九個種族的精靈之間舉行會議、交涉或者進行活動時的空間。

這時僅僅只有四名玩家面對突然被招集來參加大規模會議的三千人。

他們是大地精靈族的巨漢艾基爾、火精靈族的武士克萊因、貓妖族的馴獸師西莉卡、小矮妖族的鐵匠莉茲貝特——也就是潛行到異世界「Underworld」後就陷入昏迷的「黑衣劍士」桐人的伙伴們。

當克萊因、莉茲貝特以及西莉卡等人在凌晨四點二十分傳送訊息給所有朋友時，登入在A

ＬＯ裡的領主級玩家僅僅只有三個人而已。但是在拜託他們以及在他們手下負責某些職務的玩家，使出從現實世界與其他人聯絡的禁忌手段後，短短四十分鐘就找來了如此多人數的玩家。

半球形的廣大空間裡，或站或飄浮的玩家當中，有將近三成左右是使用剛剛才創立的角色。但他們並非ＶＲＭＭＯ的初學者。他們全是在使用The Seed規格的遊戲當中的資深玩家，是應擁有ＡＬＯ帳號的朋友要求而潛行來到這裡。

也就是說，聚集在世界樹巨蛋裡的三千人是日本人ＶＲＭＭＯ玩家裡面精銳中的精銳，同時也是Top-down型ＡＩ「結衣」寄予一縷希望的，Underworld人界守備軍能夠得救的唯一戰力。

一片寂靜的巨蛋當中，小矮妖族的鐵匠莉茲貝特藉由魔法增幅的聲音響徹整個空間：

「——這絕對不是什麼謊言或者玩笑！日本的某個研究機關，在國家的支援下創造了The Seed規格的虛擬世界『Underworld』，現在已經有數千名美國人玩家在不知情的情況下潛行到裡面，準備把那個世界的居民全部殺光！」

莉茲貝特雖然對自己煽動國族主義的發言感到愧疚，但還是鞭策自己「現在已經到了必須利用這種手段的時刻」，然後繼續大叫：

「生活在Underworld的居民都不只是一般的ＮＰＣ！是根據我們所玩的許多ＶＲＭＭＯ世界的檔案所產生的真正人工智慧！Underworld的人們也跟我們一樣有感情與靈魂！為了守護他

們，拜託大家把力量借給我們！請把大家現在使用的遊戲角色『轉移』到Underworld！」

結束五分鐘演講的莉茲貝特，帶著祈禱般的心情環視眾玩家。

聚集在巨蛋裡的妖精們臉上，全都浮現同樣的困惑表情。也難怪他們會這樣，在沒有任何基礎理解的情況下，聽見這樣的說明實在沒辦法明白整件事。莉茲貝特本身從結衣那裡聽到Underworld的構造以及居住在該處的「人工搖光」之後，現在也還有許多曖昧不明的部分。

從露出疑惑表情且產生騷動的人群當中，一條手臂優雅地舉起。

往前走出來的是，高挑身材上包裹著綠色和風長大衣的風精靈族領主——朔夜。

「莉茲貝特，我不認為妳和妳的朋友會單純因為惡搞而做出這種事情，最重要的是桐人已經有將近十天左右沒有登入遊戲，看來事情確實是非同小可。但是……」

朔夜總是流暢冷靜的聲音，這時因為困惑而搖晃著。

「……老實說，真的有點難以相信。和人類一樣擁有靈魂的ＡＩ，想要奪走它的美軍……這實在太沒有真實感了……不對，直接登入妳所說的Underworld，應該就能確認是否為實……不過妳剛才說過，潛行到該處還有幾個問題點對吧？可不可以先說明一下這些問題點？」

——終於到了這個瞬間。

莉茲貝特吸了一大口氣，然後暫時閉上眼睛。

緊要關頭到了。要是在這裡失敗，就沒有人會去救援了吧。

莉茲貝特瞪大雙眼，環視眼前的朔夜、其他領主以及無數的ALO玩家，並且以清晰的聲音宣告：

「好的——Underworld的用途並非是普通的VRMMO遊戲。所以在潛行時會發生幾個問題。首先是Underworld不存在能操作的UI。也就是說，無法主動登出。」

巨蛋裡的騷動一口氣變大了。

無法主動登出。這句話不由得令人聯想到過去曾經存在的死亡遊戲「Sword Art Online刀劍神域」。現在包含ALO在內的所有The Seed規格的遊戲，都是同時可藉由UI操作與語音指令來登出。

「登出的方法就只有在內部『死亡』。但是，這時候就會產生第二個問題。Underworld裡……沒有設定疼痛緩和裝置。受到足以讓HP歸零的傷害時，應該會感覺到相當強烈的疼痛。」

聽見莉茲貝特的話之後，玩家們的騷動又更加強烈了。

疼痛緩和裝置也是現行VRMMO的必須機能。在不存在這種機能的虛擬世界裡，要是被劍砍中或是被火焚燒，就會感受到與現實世界差不多強度的痛苦。有時候肉體的皮膚還會暫時發紅。

但是，伴隨潛行發生的問題還不只是這樣而已。

等待騷動稍微止歇，莉茲貝特終於說出第三個，同時也是得付出的最大代價。

「——還有另一個問題。就是Underworld目前處於開發者也無法操作的狀態。也就是說……無法保證各位轉移的角色能不能再次轉移回原來的遊戲當中……根據情況，也有可能會發生喪失角色的結果。」

一瞬間的沉默之後——

廣大的巨蛋空間裡就充滿了聲量驚人的怒吼。

並排站在空間中央的莉茲貝特、克萊因、西莉卡、艾基爾四個人，以及變身成嬌小導航妖精坐在克萊因肩膀上的結衣，就這樣持續默默地承受著來自於四面八方的怒吼巨浪。

會出現這樣的反應是意料當中的事。

三千名頂尖玩家為了培育自己的角色，不知道花了多少的時間與努力。以ALO來說，就算拚命砍殺怪物一個小時，也不知道能不能提升少少的一單位熟練度，而他們就是這樣每天進行著宛如用水桶汲取湖水般的作業。

聽見可能喪失嘔心瀝血鍛鍊出來的角色，他們怎麼可能繼續保持平靜。

「別……別開玩笑了！」

從集團裡衝出來的一名玩家，以食指指著莉茲貝特這麼大叫。

那是穿著深紅的全身鎧甲，背上揹著戰斧的火精靈。他應該是地位僅次於領主蒙提法、將軍尤金的指揮官。

火精靈掀起頭盔的面甲，露出燃燒著怒火的雙眼，接著用足以讓背後龐大集團沉默下來的巨大聲量繼續說道：

「在這種時間找來一大堆人，還要人潛行到莫名其妙的伺服器，光是這樣就很過分了，現在還說可能會失去角色？消失的話你們可以賠償嗎！還是說這是讓整個種族弱化的陷阱？」

「…………嗚！」

以左手制止臉色大變並準備吼回去的克萊因後，莉茲貝特盡可能以冷靜的聲音回答：

「抱歉，我們沒辦法補償。我很了解你們培養起來的角色不是能用錢買到的東西。所以才會拜託你們幫幫我們……請救救我們目前在Underworld拚死抵抗美國攻擊的伙伴吧。」

莉茲貝特的聲音不用大叫也傳遍巨蛋的每個角落。火精靈雖然一瞬間露出無法呼吸的表情，但立刻就又把情緒變成怒氣並吐出來。

「妳所說的伙伴，就是被稱為ＳＡＯ生還者的傢伙對吧，他們總是露出『自己在ＶＲＭＭＯ玩家當中也比較特別』的表情！我很清楚，你們這些前ＳＡＯ玩家，在心裡都瞧不起其他的玩家啦！」

這次換成莉茲貝特說不出話來了。

莉茲貝特至今為止從未感覺到火精靈所指責的這種心理。但是聽他這麼一說，似乎也無法斷言絕對沒有過這樣的想法。根據地不是地上的都市而是在天空中的新生艾恩葛朗特，而且幾乎不降落到地面，只和以前認識的玩家進行交流，這些都是不容否認的事實。

或許是看穿莉茲貝特的動搖了吧，火精靈毫不容情地繼續說道：

「什麼侵略、人工智慧、靈魂之類的又關我們什麼事！別擅自把現實世界的事情帶進ＶＲＭＭＯ裡！這種事情，光靠你們這群在現實世界也是了不起的生還者大人自己去處理就可以了吧！」

集團裡面也有幾個人像是要呼應火精靈的指責般，發出了「沒錯，滾回去」的罵聲。

——不行了。

我的話完全無法打動他們。

莉茲貝特拚命忍著不露出眼眶含淚的模樣，以尋求幫助的心情看著有私交的ＡＬＯ原生實力者——風精靈族的領主朔夜、火精靈族的將軍尤金、貓妖族的領主亞麗莎．露等人的臉。

但是即使視線對上了，他們似乎也不打算說話。

他們只是用帶著強烈光芒的眼睛持續凝視著莉茲貝特。簡直就像在對她說「展現妳的決心與覺悟吧」一樣。

莉茲貝特大大地吸了口氣，接著再次閉上眼睛。然後想著在遙遠異世界拚死持續戰鬥的亞絲娜、受傷的桐人，以及先一步衝進Underworld的莉法與詩乃。

——以我的實力，就算轉移了也無法像亞絲娜他們那樣戰鬥。但一定還是有我能辦到的事情。現在這個瞬間、這個地點就是我的戰場。

莉茲貝特迅速睜開雙眼甩開淚珠，接著再次開始說話：

「……沒錯，這確實是現實世界的事情。而且正如你所說的，ＳＡＯ出身的人可能都容易把現實和虛擬混在一起。但是，那絕對不是因為我們自認是英雄。」

站在右側的西莉卡眼睛浮現淚水，莉茲貝特握住她的手後繼續表示：

「我和這個女孩子，就讀的學校裡全是你所說的生還者。被原本的學校當成是退學，所以我們根本沒有選擇的餘地——生還者學校的學生，每個月一定要接受一次心理諮商。在戴著AmuSphere一邊觀察我們腦波的情況下，一邊接受『是不是喪失現實感』、『會不會想傷害他人』等討厭的問題。也有幾個人在不願意的情況下被迫服用藥物。對於政府來說，我們全都是將來有可能變成犯罪者的監視對象。」

不知不覺間怒罵聲已經止歇，巨蛋裡籠罩著緊繃的寂靜。就連眼前的火精靈也因為這出乎意料的發言而瞪大了眼睛。

莉茲貝特也不清楚有多少人能聽進自己的話。她只是拚命地把溢出的感情、意志變換成言詞。

「但是，其實不只有生還者學校的學生才受到這樣的待遇。ＶＲＭＭＯ的玩家或多或少都被人用有色的眼光注視著。被批評是對社會沒有貢獻的寄生蟲、不繳稅與國民年金的現實逃避者……甚至出現應該恢復徵兵制，強制讓他們貢獻社會的議論。」

籠罩在巨蛋裡的緊張感急遽升高。用針一刺的話，一定會爆發比剛才強烈數倍的怒氣。

但是莉茲貝特依然把左手貼在胸口並繼續大叫：

「不過我很清楚！而且我也相信！現實就在這個地方！」

離開胸口的手，指向世界樹底部的巨蛋——以及後方的阿爾普海姆全土。

「這個世界，以及與這裡連結的許多虛擬世界，絕對不是虛構的逃避地點！對我們來說，是存在真正的生活、朋友、邂逅、離別、笑容與眼淚的真實世界！大家應該都是這樣吧？就是相信這個世界是另一個真實世界，才能如此努力吧？既然如此，要是被貶低為一般的遊戲……只不過是虛擬的假貨，那麼我們的真實又在什麼地方呢……！」

莉茲貝特的眼睛裡終於流下淚水。莉茲貝特沒有把它們擦掉，繼續擠出最後的發言：

「……大家培育起來的許多世界，像這顆世界樹般聚集起來，然後發芽，現在終於開花結果變成Underworld，我真的很想保護它！拜託你們……把力量借給我們吧！」

莉茲貝特把雙手伸向巨蛋的天花板。

幾千名精靈的翅膀上掉落下來的燐光，在她因為淚水而模糊的視界裡閃閃發亮。

＊＊＊

銀色光芒一邊閃爍，一邊在破曉的天空中劃出大大的弧形。

一秒鐘後，粗大的繩子就隨著清脆的聲音從中被切斷，然後像黑蛇般在空中扭動。抓在上面的數十名敵兵，就在嘴裡發出悲鳴的情況下跌落無底深淵。切斷繩子的神器「雙翼刃」以銳利的角度迴轉，回到主人整合騎士連利・辛賽西斯・推尼賽門手中。

黑暗領域軍為了渡過峽谷所拉起的十條繩子當中，連利很快已經切斷了五條，但他的臉上卻沒有任何驕傲或者成就感。反而對於必須割斷受到無情命令而捨身橫越峽谷的敵兵名符其實的救命繩而感到痛苦。

在連利身旁握住白馬轡繩的亞絲娜也有同樣的心情。

當亞絲娜和連利、整合騎士愛麗絲・辛賽西斯・薩提、整合騎士謝達・辛賽西斯・推魯弗，以及騎士長貝爾庫利・辛賽西斯・汪等五個人騎馬奔馳到這裡時，已經有數百名敵兵渡過峽谷，而他們為了保護剩下的繩子果敢地發動了攻擊。雖然幾乎都被實力在敵人之上的貝爾庫利、謝達、愛麗絲等三個騎士砍倒，但還是有幾個人從側面攻擊連利，讓亞絲娜為了保護他而不得不揮動細劍。

虛擬世界「Underworld」是以The Seed program為基盤，所以可以直接使用在ＳＡＯ時期學會的劍技與騎馬技術。

此外使用超級帳號「創世神史提西亞」的亞絲娜，各項數值幾乎都到達上限，而且裝備的細劍「燦爛之光」也被賦予超越眾整合騎士神器的性能，就連基本技「線性攻擊」都能一擊就輕易貫穿敵人暗黑騎士的厚重鎧甲以及拳鬥士的強壯肉體。

但是敵人士兵從傷口迸發出來的鮮血、充滿怨嘆的悲鳴，以及失去的性命全都是真貨。

生活在Underworld的人們，不論是人界人還是暗黑界人，都跟亞絲娜一樣擁有本質完全相同的靈魂——也就是搖光。對手明明是真正的人類，但是自己卻藉由遊戲裡才會出現的身體數值與武器性能的加持，一擊就把他們殺掉，這樣的事實給亞絲娜的心帶來難以承受的疼痛與不對勁的感覺。

而且臉上帶著悲壯決心不斷撲過來的暗黑騎士與拳鬥士，絕對不是因為自己的意志而做出這樣的行動。

他們這些人工搖光，擁有絕對無法抗拒上位者命令的性質。被和亞絲娜一樣使用超級帳號「闇神貝庫達」登入的現實世界人命令，即使知道是無謂的犧牲還是進行攻擊。從另一個角度來看，他們也是被捲進現實世界科技爭奪戰的受害者。

但是亞絲娜還是用盡所有的精神力把這樣的想法趕到意識之外。

目前最重要的是保護貝庫達追求的「光之巫女」愛麗絲——以及位在後方野營地的桐人。

聽說在敵將貝庫達指揮之下的黑暗領域軍，戰力就只剩下這個拳鬥士公會與暗黑騎士團而已。只要反過來利用對方魯莽的峽谷橫越作戰來消耗敵人的兵力，貝庫達應該就無計可施了。

「——好，砍斷第六根吧！」

騎士長貝爾庫利強而有力的聲音打斷了亞絲娜的思緒。比即刻回答的愛麗絲、謝達、連利晚了一會兒，亞絲娜也回叫了一聲「好的！」。

當她轉過馬首準備往西方移動時，後方的角笛就高聲響徹整座戰場。

回頭一看，就看到了人界守備軍誘餌部隊的衛士們排著整齊隊形從距離一公里左右的山丘上往下衝。大概比騎士們晚了十五分鐘左右就完成武裝與編隊，從野營地發動了攻擊。

「真是的……那些傢伙就不能乖乖待著嗎？」

貝爾庫利雖然以苦澀的表情看著那群衛士，但渡過峽谷的敵兵數量已經到達五百名左右，在這個時間點出現援軍還是讓人感到心情輕鬆多了。只要衛士們幫忙牽制敵兵，要切斷剩下來的五條繩子就不會太辛苦。

——貝庫達先生，看來這場戰爭是我們贏了。

當這句呢喃尚未從亞絲娜心中消失時。

她的雙眼就看見了奇妙的現象。

有不可思議的東西從因為朝霞而染上血一般顏色的天空降下。

那是比天空還要光亮的紅線。而且不只一條。數量有數十……數百。

不對，是數千嗎？

無數的線條各自像是由細微的圓點所組成。拚命凝眼觀看，就能知道每個圓點都是數字或者英文字母。

身分不明的文字列集團無聲地降到峽谷這一側，距離戰場東方一兩公里的地方。

曾幾何時，不只是亞絲娜，就連其他整合騎士，甚至是黑暗領域的暗黑騎士與拳鬥士都停下腳步專心地看著那種奇妙的現象。

第一條刺進乾燥地面的紅線，變成不規則的形狀並且開始蠢動——

短短幾秒鐘的時間，那紅色物體就變成人形。

＊＊＊

拳鬥士團長伊斯卡恩一瞬間忘記了在內心奔騰的憤怒。

——那是什麼？

峽谷的對岸，好不容易爬過繩子的五百名黑暗領域士兵正果敢地準備朝五名整合騎士進攻。

但是他們卻突然停止動作，以驚訝的表情看著戰場外面。

被他們吸引而移動臉龐的伊斯卡恩，看見的是降到距離他們東方兩基洛爾處的深紅雨滴。

無數的紅線一邊發出奇妙的震動聲一邊從天而降。

這些紅線在和地面接觸的瞬間就開始膨脹，然後轉眼間變成人類的模樣。

出現的是全身穿著暗紅色鎧甲，手拿長劍、戰斧或者長槍等武器的士兵。

先不管顏色，他們鎧甲的形狀與暗黑騎士團十分相似。一開始的想法是，皇帝貝庫達以神力送來援軍了嗎？

但下一刻就有難以言喻的不對勁感襲上伊斯卡恩心頭。

紅色士兵們毫無規律與統御的站姿，實在不像受到亡故的暗黑將軍夏斯達鍛鍊的騎士團成員。他們有的大動作地和身邊的士兵說話，有的直接坐在地上，有的甚至沒有接到命令就拔出武器來揮舞。

最重要的是他們的數量。

奇妙的紅雨終於止歇時，出現在大地上的士兵集團，已經膨脹到讓人有點不敢相信的規模。大略看一下也輕鬆超過一兩萬……甚至可能到達三萬人。如果暗黑騎士團有這樣的預備兵力，十侯會議應該早就徒具形式，夏斯達也早就成為暗黑界的實質支配者了。

而且在峽谷這一邊等待渡過繩子的暗黑騎士之間也發出了驚訝的聲音。他們也不清楚那個軍團的身分。

這樣的話，那些紅色士兵果然是皇帝兼闇神的貝庫達利用祕術從地底或者什麼地方召喚出來的真正「暗之軍隊」吧。

認識到這一點的下一刻，伊斯卡恩的驚訝就轉變為深刻的憤怒。

能夠召喚這種大軍的話——

為什麼不早一點實行。這樣的話，因為魯莽橫越作戰而喪命的拳鬥士與暗黑騎士，看起來不就只是為了把敵人從營地裡引誘出來的誘餌嗎？

不對——或許真的是這樣。

皇帝只是為了吸引能讓自身軍團打倒的敵人，就命令我們進行那種根本是自殺一般的橫渡作戰嗎？

…………不對。

不只是這次的作戰。從對「東大門」發動攻擊開始，暗黑界軍的被害就太過嚴重了。即使哥布林隊、巨人隊、食人鬼隊以及半獸人隊與暗黑術師公會隊都幾乎全滅，皇帝別說是哀悼他們的死亡了，甚至連表情都沒有改變過。

這也就表示，對於皇帝貝庫達來說，多達五萬的暗黑軍打從一開始就只是棄子罷了。

年輕拳鬥士團長伊斯卡恩，是一名至今為止只對鍛鍊肉體、提升技能以及發展自身部族有興趣的年輕人。

現在這個瞬間，他首次得到俯瞰的視點，得以縱觀包含自己所屬的暗黑界與人界在內的地底世界全體。這樣的見地，在他心中產生了不可能解決的矛盾。

皇帝貝庫達是絕對的強者。自己絕對得遵從強者。

但是。

但是——

「嗚……！」

右眼產生前所未見的劇痛，伊斯卡恩用手掌蓋住右側臉部並發出呻吟。

腳步踉蹌，膝蓋跪地的拳鬥士團長視線前方，多達三萬人的深紅軍隊一邊嚷著未曾聽過的語言一邊開始跑動。

他們前進的方向，從峽谷南側下來的約一千名人界守備軍士兵正擺出與整合騎士會合並且開始迎擊的態勢。

而兩者中間的五百名拳鬥士與暗黑騎士，則是以不知道該如何行動的模樣呆立在現場。

就算皇帝貝庫達再怎麼冷血，這下子那五百人的性命應該能得救了。

伊斯卡恩用力壓著右眼，在意識的角落這麼想著。

但是他到了這個時候，還是錯估了貝庫達的冷酷程度。

皇帝召喚的三萬名軍隊率先襲擊的不是人界軍，而是那僅僅五百名的暗黑界軍。

無數的劍、斧頭、槍在紅色朝陽下發出閃亮光芒——

隨著渴望鮮血的叫聲，對著應該是伙伴的拳鬥士與暗黑騎士們揮下。

＊＊＊

「那……那群傢伙是什麼人？」

亞絲娜不知道該如何回答騎士長貝爾庫利驚訝的聲音。

突然從戰場東側降下……不對，是潛行過來的三萬名士兵，很明顯是皇帝貝庫達呼喚過來的軍隊。

但他到底是從什麼地方找來如此多的戰力？

是生成作為怪物的ＮＰＣ士兵並投入戰場嗎？但是Ocean Turtle主控室裡的操縱臺已經被鎖上，不可能用管理者權限來直接操作了。最多就只能像亞絲娜這樣，指定座標後自己潛行到這裡來而已，而貝庫達那一邊能使用的「Soul translator」就只有兩台。

一瞬間襲擊亞絲娜的混亂——

被逼進到數百公尺前方的紅色士兵吼叫聲給融化了。

「Charge ahead！」

「Give'em hell！」

──英文！

他們是現實世界的人類，而且從發音聽起來是以美國人為主的集團。但為什麼會有這種事。這裡應該是隱蔽的封閉式VR世界才對。

不對。

不對──

Underworld對於經由STL的潛行者來說，是比現實世界更加真實的，名為「汎用視覺化記憶」的真正異世界。但是它在開發時使用了泛用VRMMO程式套件The Seed。也就是說，只要有AmuSpher就可以潛行到這個世界……而Ocean Turtle裡具備大容量的衛星線路。

這樣的話，就只要臨時抱佛腳做出用戶端程式，然後在現實世界散播出去。

就能夠呼喚數萬甚至是數十萬的軍隊到Underworld來了。

紅色士兵的行動，證實了感到愕然的亞絲娜所做出的推測。他們率先襲擊了應該是友軍的暗黑界騎士與拳鬥士，毫不猶豫地對他們揮下劍與斧頭。

「做……做什麼……！」

「你們不是同伴嗎……？」

騎士們雖然一邊發出驚愕的聲音一邊抵擋攻擊，但是數量的差距實在太大了。尤其是紅色士兵們的武器與鎧甲性能似乎高於暗黑界軍，所以他們高舉的劍與盾牌不斷被折斷、擊碎。兩軍發生衝突的地點立刻開始迸發出悲鳴與鮮血。

「Dude, that's awesome！」

「Pretty gore！」

感到興奮而大叫的現實世界人，應該不知道這場戰爭的真實情形——恐怕認為只是ＶＲＭＭＯ遊戲的封測而潛行到這裡來的吧。

那些美國人玩家對於Underworld人不可能有什麼敵意。因為他們相信眼前的暗黑界人只不過是目標ＮＰＣ。只要花時間跟他們說明Underworld以及人工搖光的實情，應該有一大半的人會願意登出才對。

但是現在沒有這樣的時間。即使亞絲娜衝到戰場上試著用英文說服他們，大概也只是會被當成ＮＰＣ在大叫被設定好的台詞吧。如果聽見正式營運之後將根據打倒目標獲得的點數贈送稀有道具的說明，就算是日本人玩家也一定會做出同樣的行為。

現在已經無法用言語來說服他們了。

美國人想殺害的不是ＮＰＣ，而是擁有真正靈魂的人工搖光。殺光暗黑界軍之後，接下來就會對人界軍誘餌部隊發動攻擊吧。這樣的話，現場唯一擁有虛構生命的自己更應該要戰鬥。

如此下定決心的亞絲娜，把右手的細劍往上舉起，然後迅速詠唱咒文。

「System call！·Create field object！」

細劍上帶著七彩極光。

不能和昨天晚上一樣創造出無底的峽谷。這樣會斷了人界軍的退路。

相對地，亞絲娜一邊想著如槍一般銳利的巨岩一邊猛烈把劍揮下。

「啦————」一聲莊重的效果音響徹現場。七彩光芒從劍尖射出，刺進美國人與暗黑界人衝突點稍微往前一點的地方。

地面突然開始震動，接著是灰色岩石往上抬頭。它立刻上升了將近三十公尺，把待在那裡的紅色士兵們高高地彈飛。

接著又一口氣升起四座岩山。大地晃動當中，數百名紅色鎧甲的士兵飛上空中。在尖銳的咒罵聲之下，他們有的被岩石壓扁，有的猛烈撞上地面而噴灑出大量的血肉。

亞絲娜沒有多餘的心思去推測他們是如何感受自己的死亡。

因為忽然有一道灼熱的劇痛貫穿她的腦袋中心，讓她整個人倒到馬背上。

銀色火花在視界裡爆散，無法呼吸的她開始喘息。痛楚比昨天晚上在地面製造峽谷時要強烈多了。切身感覺到在龐大的地形檔案流經的過程中，靈魂……搖光不斷地損耗。

——但是，自己不能在這裡倒下。

如果這樣能夠受到和桐人一樣的傷害也算了了心願。亞絲娜心裡一邊這麼想著，一邊咬緊牙根從馬鞍上撐起上半身。

從戰場東側推進的美國人玩家，來勢似乎因此稍微受到頓挫。但是五座並排的岩山寬度最多只有五百公尺。數萬名玩家應該會立刻從兩側迂迴過來吧。

再次在南側製造岩山牆，讓人界軍從內側脫離現場吧。

在反覆著急促呼吸的情況下，亞絲娜再次準備高舉起手裡的劍，這個時候——

發出金色光輝的護手確實地按住了她的右臂。

「……愛麗絲……！」

她以沙啞的聲音叫著黃金騎士的名字。

姣好容貌上露出堅定決心的整合騎士愛麗絲，這時迅速搖了搖頭說：

「別太勉強了，亞絲娜。再來就交給我們整合騎士吧。」

「但……但是，那些紅色士兵，是現實世界……是從我們的世界而來的敵人……！」

「……就算是這樣，盲目追求鮮血並且胡亂揮劍的傢伙，不論來幾萬人都不足為懼。」

「沒錯。也讓我們有些表現的機會吧。」

騎士長貝爾庫利在愛麗絲的發言之後發出豪爽的笑聲。

在這樣的狀況中還能保持輕鬆心情的騎士們確實相當有膽量，但亞絲娜也從他們的表情察覺出比之前更加強烈的覺悟。

成為紅色海嘯排山倒海而來的敵人，數量是人界軍的三十倍。這已經不是靠氣魄就能解決的階段了。

但是，騎士長高舉磨得晶亮的長劍後，就發出強韌的聲音：

「好吧！全軍，採取密集陣型！要以單點突破來突圍嘍！」

＊＊＊

「喔……喔，喔……」

從伊斯卡恩嘴裡發出來的不是人類的言語。

「喔……喔喔喔喔喔喔喔——！」

從他用盡所有力氣緊握的雙拳不停滴下血來。但是年輕鬥士卻不覺得疼痛，只是持續發出野獸般的咆哮。隨侍在側的副官達巴也像是能夠理解伊斯卡恩的苦惱般深深低著頭。

死去，不斷地死去。

沒有接到命令，甚至無法戰鬥的同族鬥士們，不斷成為胡亂揮落的刀刃底下的亡魂。

但是剩下來的五條粗繩上，橫渡峽谷的士兵們依然沒有停止動作。因為皇帝「到對岸去」

的命令依然有效。接受絕對上位者命令的他們拚命爬過繩子，但是之後就被紅色軍隊包圍，然後殘酷地砍殺。

為什麼皇帝貝庫達不中止拳鬥士和暗黑騎士的橫渡作戰，並且命令紅色士兵停止攻擊暗黑界軍呢？

這樣下去，部族的鬥士們不過只是誘餌。

只不過是獻給召喚過來的軍隊的活祭品嗎？

「必……必須跟皇帝……」

必須跟皇帝稟報才行。必須請求他中止這次的作戰。

在憤怒、絕望以及右眼產生的劇痛煎熬之下，伊斯卡恩為了邁向最後方的地龍戰車而走了一步。了解族長意圖的達巴抬起扭曲的臉來似乎想說些什麼。

就在這個瞬間——

一道巨大的影子橫越上空。伊斯卡恩與達巴反射性抬頭望向天空。

——飛龍。

「啊……啊啊……！」

而乘坐在龍背上的是身披奢華毛皮披風，金色長髮隨風飄逸的皇帝貝庫達本人。

可能是聽見伊斯卡恩無意識中發出的叫聲了吧，皇帝從飛龍的鞍上稍微往地面瞄了一眼。

他的眼睛裡沒有任何感情。那冷落冰霜的一瞥，對於呆呆死去的暗黑界士兵們沒有一絲的憐憫，甚至可以說沒有任何興趣。

皇帝貝庫達把視線從伊斯卡恩身上移開後，就直接讓龍飛翔到峽谷的另一邊。

那就是神。那正是所謂的支配者。

但是，如果身為支配者。如果是力量無人可及的絕對強者。

就應該負起與能力相對應的責任吧。

統率軍隊、領導人民，為國家帶來更大的繁榮。這應該是支配者的責任。平白拋棄幾千幾萬條性命，還對這一切沒有任何的感覺，這樣的人竟然敢自稱是皇帝……右眼……敢自稱是支配者……右眼好痛……他有什麼資格…………！

「嗚……喔……喔喔喔啊啊啊啊啊！」

伊斯卡恩高高舉起右拳。

然後把指尖彎曲成鉤爪狀。

接著毫不猶豫地刺進妨礙思考的劇痛源頭，也就是自己的右眼。

「族……族長！你做什麼！」

以左手制止飛奔過來的達巴，年輕鬥士隨著簡短的尖叫一口氣把右眼球挖出來。白色球體雖然不斷在拳頭裡發出紅光，但是被捏碎的同時光芒也就消失了。

這個時間點，伊斯卡恩並不像愛麗絲和尤吉歐那樣，達到主動解除右眼封印，也就是「Code871」的境界。

因此他還是無法形成直接反叛皇帝的意識，沒辦法廢棄目前被賦予的「繼續橫渡峽谷作戰」與「自己不能爬過繩子」的兩個指示。

但是年輕拳鬥士在幾乎與反叛皇帝無異的情況下，強行擠出了迴避皇帝命令的手段。

伊斯卡恩緩緩回頭，低聲對以啞然表情低頭看著自己的達巴說：

「關於那些紅色士兵，皇帝沒對我們做出任何指示對吧？」

「是……關於這一點，確實是如此。」

「那麼，就算我們痛宰他們，也跟皇帝一點關係都沒有吧。」

「…………冠軍…………」

以左眼狠狠瞪了說不出話來的達巴一眼後，伊斯卡恩就做出這樣的命令：

「聽好了……峽谷上一架上橋，就全軍展開突擊。無論如何都要解救對岸的伙伴。」

「什麼……？到……到底要如何架橋……」

「這還用問嗎？我會去拜託辦得到的傢伙。」

靜靜地丟出這句話後，伊斯卡恩重新轉向峽谷。

他強壯的雙腳突然包裹在鮮紅的火焰當中。

拳鬥士一邊留下燻黑的足跡，一邊猛然朝著峽谷跑去。

——不能爬過繩子的話……直接用腳飛越就可以了吧！

在胸中如此大叫完，伊斯卡恩就在寬一百梅爾的深淵前用力往地面踢去。

跳躍是拳鬥士重要的鍛鍊之一。

修行是從沙地安全的跳躍開始，最後藉由飛越並排的刀刃以及滾燙的油來強化對自己跳躍力的自信，也就是形成「心念」。

如果是一流的拳鬥士，最後將獲得達到二十梅爾的跳躍力。在這個禁止用術式飛行的世界裡，這已經是肉體跳躍距離的上限了。

但是現在伊斯卡恩投身的目標，是寬度比距離上限多出五倍的無底峽谷。

在空中拖著長長火焰尾巴的拳鬥士只是一直瞪著前方，然後用雙腳踢著空氣。

十梅爾、二十梅爾。身體還在繼續往上升。

三十梅爾、三十五梅爾。乘著從峽谷底下吹上來的強風，像是有看不見的翅膀從後面推進一樣繼續往高處爬。

四十梅爾。

再一點——再往前一點點的話……就能從該處利用慣性到達對岸了。

但是——

差一點就要到達峽谷正中央的時候，風無情地停了下來。

身體驟然失去勢頭。跳躍的軌道到達頂點，開始進入往下的曲線。

——還差了五梅爾。

「唔喔……喔喔喔！」

伊斯卡恩大叫，像是要抓住什麼般伸直右手。但是當然不可能有什麼能讓手腳施力的地方，只有從腳底下的黑暗往上爬的寒氣撫摸著他的身體。

這個剎那——

「冠軍啊啊啊啊啊————！」

如雷般的吼叫聲擊打著伊斯卡恩的耳朵。

稍微往後方一看，就發現副官達巴以右臂抓住比自己頭部大好幾倍的巨岩，目前已進入投擲態勢。

族長立刻了解長年隨侍在側的忠實部下有什麼企圖。但是，人族無法把那麼巨大的岩石丟超過五十梅爾以上的距離……

達巴的右臂「咕哇」一聲膨脹了起來。像是把全身的力量都集中在該處一樣，肌肉整個隆起，血管也浮了上來。

「喔喔喔！」

巨漢發出吼叫，助跑了幾步之後，將自己的右臂揮盡。

岩塊就像被投石器丟出去般震動著空氣——下一刻，達巴的右臂立刻撒出鮮血與肉片，整個爆散了開來。

把副官重重往前撲倒的模樣烙印在左眼當中，伊斯卡恩咬緊牙根，只把意識集中在一直線朝自己飛來的岩石上。

「……啦啊啊啊！」

左腳腳掌隨著吼叫聲用力把岩石踢飛。

岩石「磅喀——！」一聲四散，伊斯卡恩的身體藉由反作用力，像被彈開來一樣再次加速。對岸那些劍士的身影已經在眼前了。

＊＊＊

「Damn！」

把細劍從發出簡短罵聲後重重倒下的美國人玩家身上抽出來，馬匹上的亞絲娜開始急促地呼吸著。

不像面對暗黑界人時那樣，奪走性命會有沉重的心理壓力。成為過去「閃光」或者「狂暴補師」綽號由來的高速連續劍技，已經擊倒超過十名以上的紅色士兵。

但是敵人的數量實在太多了。

不只是亞絲娜，人界軍的衛士們，尤其是四名整合騎士戰鬥的模樣已經足以比擬鬼神。他們站在組成密集陣型的衛士前面，為了往南方開出一條血路而殺得積屍成山。

但還是無法把繞過亞絲娜創造出來的岩山後不斷湧過來的士兵逼回去，最多只能停下腳步互相抗拮。

不久後他們應該會發現，被砍倒的敵人屍骸數十秒後就消失得無影無蹤，現場甚至不留下一滴血跡的事實。同時也會發現自己面對的是沒有性命的幻影軍隊。

「嗚哇……不行了……嗚哇啊啊啊——！」

背後突然傳來的尖叫讓亞絲娜猛然回過頭去。

結果看見衛士們的防衛線有一部分被攻破，紅色士兵從該處湧入。

紅色士兵一邊嚷著粗口一邊對衛士們發動攻擊，把人包圍起來後就出手砍殺。現場血肉飛濺，悲鳴也變成臨死前的尖叫。

過於真實的死亡模樣似乎更加刺激了紅色士兵的欲望，他們立刻就聚集到下一個目標身邊。

「住手……住手啊……！」

亞絲娜大叫。

現在是無視少數犧牲者，專心往南方突進的時刻。雖然理性很清楚這一點，身體卻擅自從馬背上跳下來。

「住手啊啊啊啊啊！」

亞絲娜宛如要將喉嚨喊破般大叫著，獨自往湧至的紅色奔流前端砍殺過去。

美國人玩家沒有惡意。只不過是被襲擊者利用——這樣的理解也被如同駭浪般沸騰的感情給掩蓋過去了。

滋喀喀喀！

右手一閃，「燦爛之光」就連續貫穿紅色頭盔的面甲。頭部遭到致命一擊的四個人，手上的劍直接掉落，然後一邊發出呻吟一邊倒了下去。

從這個反應就知道，利用AmuSphere潛行到這裡的他們，明顯沒有受到疼痛緩和裝置的保護。早就察覺這一點的亞絲娜，至今為止都盡量一擊破壞對方的心臟，讓對方立刻登出遊戲，但這樣的理性也在不知不覺間消失了。

最高優先度的細劍在空間中縱橫，直接貫穿、撕裂鎧甲，有時候也連同敵劍一起砍斷。

美國人眼裡所見的全都是多邊形組成的身體以及傷害特效的血液。但是對以ＳＴＬ潛行的亞絲娜來說，他們也是活生生的人類，飛濺到自己身上的是溫熱血液，而且帶有令人反胃的鐵鏽味。

這時亞絲娜的右腳因為不知道什麼時候累積在地面的血灘而一滑。

無法保持身體平衡而跌倒的亞絲娜眼前，出現一名高大的戰士。

「Take this！」

亞絲娜往右滾動來躲開猛然往下揮落的戰斧斧刃。

但還是無法完全避開，左臂被厚厚的斧刃砍中。

喀滋。

隨著鈍重的聲音，左臂手肘以下的部分被砍斷並飛上天空。

「嗚……啊…………！」

猛烈的劇痛讓視界一點一點反白。亞絲娜停止呼吸，全身緊繃。

她抱住血流如注的左臂不停地喘息。無法抑止的眼淚後方，可以看見圍住自己並且舉起武器的四五個人。

突然間——

拿著戰斧的大漢頭部像是爆炸般飛散開來。

鈍重的打擊聲持續響起。想給亞絲娜最後一擊的步兵們身體接連粉碎，然後消失在視界當中。

「嘿……一群沒用的傢伙。」

承受著劇痛，好不容易撐起身體的亞絲娜，看見的是一名有著精悍容貌與火焰般紅髮以及淺黑色肌膚的強壯年輕人。

——是黑暗領域人！

一瞬間忘記痛楚的亞絲娜用力吸了一口氣。肌膚的顏色、只綁著皮帶的上半身，這無疑是到剛才為止都還在交戰的暗黑界拳鬥士。

但是，為什麼應該在貝庫達支配下的人，會攻擊同樣被貝庫達召喚過來的紅色士兵呢？簡直就像要幫助亞絲娜一樣。

往下看的拳鬥士只有一隻眼睛。右眼殘留著就像直接被刨開來般的慘烈傷痕，臉頰上還有一縷已經乾掉的紅黑色血痕。

年輕人以獨眼狠狠瞪了再次想進逼的眾美國人一眼，然後高高舉起右拳。骨節突出的拳頭上包著鮮紅火焰。

「嗚……啦啊啊啊啊！」

拳頭隨著撕裂綿帛的吼叫聲往地面轟去。

隨著「咕哇」一聲出現火焰壁般的半圓形衝擊波，毫不費力就把前方的士兵全都轟飛。

——好強大的威力！

亞絲娜不禁瞠目結舌。現在戰鬥的話，自己會輸……

但是拳鬥士默默地伸出手臂抓住亞絲娜的鎧甲。強行讓她站起來後，左眼就在近處凝視著她。

「……來交易吧。」

亞絲娜無法立刻理解年輕，但是帶著深刻苦惱的聲音所說的話究竟是什麼意思。

「交……交易？」

「沒錯。那些岩山還有巨大的裂痕是妳創造出來的吧？聽好了……就算狹窄也沒關係，在後面的裂痕上架一條穩固的橋。這樣的話，在把那群紅色士兵全部摧毀之前，四千名拳鬥士都會和你們一起戰鬥。」

一起戰鬥——黑暗領域軍嗎？

真的可能發生這種事嗎？暗黑界人，不對，這個世界的人類，應該會因為右眼的封印——Code８７１而無法反抗上位者的命令才對。

亞絲娜一邊這麼想，一邊再次把視線朝向拳鬥士右眼的傷痕。

那道傷痕是他自行解除右眼封印的痕跡嗎？他也像愛麗絲一樣進化成突破界限的搖光了

嗎？

但是愛麗絲昨天晚上說過，持續抗拒Code８７１的話，「右眼本身會爆裂且消失得無影無蹤」。另一方面，拳鬥士的傷痕與其說是從右眼內部破裂，看起來比較像是用手硬是把眼球挖出來一樣。應該如何思考——判斷這個年輕人所說的話才好呢？

亞絲娜感到猶豫時，耳朵就聽見即使在這種極限狀態中依然極度冷靜的聲音。

「那個人應該不會說謊。」

一邊用極為纖細且相當有彈性的漆黑劍隨手把紅色士兵的頭砍掉，一邊做出這種發言的，正是灰色的整合騎士謝達・辛賽西斯・推魯弗。

看向謝達的拳鬥士，咧嘴露出充滿自信——但是又帶著點害羞的笑容，並且回應了一聲「嗯」。

這個瞬間，亞絲娜就做出了決定。

——相信他吧。

這大概是最後一次使用史提西亞帳號的地形操作能力了吧。這樣的話，不單純把這股力量用在破壞上，拿來生成某些事物似乎也是不錯的選擇。

「……我知道了。我會在峽谷上架橋。」

右手離開被砍斷的左手後，亞絲娜就朝天空高高舉起珍珠色的細劍。

啦──────

莊重的天使和聲響徹現場，七彩極光降到荒野上。

光芒一直線往北突進，直到峽谷的對岸為止。接著是震耳欲聾的地鳴，大地開始震動。

懸崖兩側突然有岩柱突出。這些岩柱水平地延伸，在峽谷中央結合起來後，變成一座粗壯的橋。

「嗚嗚嗚嗚嗚嗚嗚、啦啊啊啊啊啊啊啊！」

四千名拳鬥士們發出的吼叫聲以數倍聲量蓋過伴隨地形變化出現的地鳴。

在獨臂巨漢率領之下，精壯的鬥士們爭先恐後地開始急奔。

行使神力的代價朝著亞絲娜襲來，雖然一瞬間像要因為被灼熱長槍貫穿腦袋般的頭痛而昏過去，但亞絲娜最後還是重新握好細劍。

這時已經看不見應該站在人界守備軍最前方打開一條血路的愛麗絲身影。現在只能相信她平安無事……以及拳鬥士們真的會如紅髮年輕人所說的那樣和守備軍一起戰鬥，然後持續對抗紅色士兵了。

──桐人，我現在就過去。

在心中呼喚著心愛的人後，疼痛就稍微緩和了。

＊＊＊

大約一分鐘前。

整合騎士愛麗絲已經不清楚自己究竟砍了多少前仆後繼湧過來的紅色士兵。

——這些傢伙……根本是異常。

完全沒有身為軍隊的紀律，嘴裡叫喚著從未聽過的言語，並且踢開同伴的屍骸不斷地衝過來。簡直就像完全不顧伙伴甚至是自己的生死一樣。

如果這就是現實世界的人類。

那麼的確就如亞絲娜所說的，外面絕對不是什麼神的國度。

面對永無止盡的殺戮以及不停出現的敵人，就連愛麗絲的思緒也在不知不覺間變得遲鈍了。

——夠了。這根本不是戰爭。

希望早點衝散敵人的戰線，從包圍當中脫身。

「讓開……給我讓開啊啊啊！」

尖銳地這麼叫完，就以金木樨之劍橫掃而出。

敵人的腦袋與手臂接連飛上天空。

「System call！」

愛麗絲立刻詠唱神聖術的起句，生成十個熱素。接著又用術式把它們融合成細長狀，在左手上創造出火焰長槍。

「Discharge！」

轟隆隆！

雖然不及迪索爾巴德的火焰熾焰弓，但灼熱的火線還是筆直地貫穿敵軍，轟飛將近十個人後在包圍線上開出一個洞。

洞的後方——

看見了。黑色大地以及隆起的山丘。

一口氣跑到那座山丘，使用能把從這鮮血淋漓的戰場散發出來的龐大空間神聖力全部用盡的「反射凝聚光線」術式，一口氣把紅色步兵全部燒燬。

「讓開啊啊啊啊！」

愛麗絲一邊從喉嚨迸出吼叫聲，一邊朝地面踢去。

「……大小姐！」

背後的騎士長貝爾庫利發出尖銳的叫聲。

但是接下來的一句「別莽撞」已經無法傳到愛麗絲耳朵裡了。

——快穿過去了。再一會兒就能突破人牆。

在沒有停下腳步的情況下砍倒出現在前方的最後一個人，愛麗絲終於穿過敵人似乎永無止盡的包圍網來到無人的荒野。

將酷使的愛劍收進劍鞘裡，用力吸滿不帶鮮血味道的空氣之後，她便全力奔馳了起來。

忽然間，周圍變暗了。

一瞬間以為朝陽被雲遮住。

下一刻，一陣猛烈的衝擊打中愛麗絲的背部。當她注意到自己被緊急降落的飛龍從後面用腳抓住時，雙腳的腳尖已經離開地面了。

愛麗絲立刻舉起金木樨之劍，準備發動武裝完全支配術。

但在她詠唱式句之前，視界就先變暗，接著全身被足以把人凍僵般的寒氣包圍住。飛龍的騎手使用暗黑術——不對，不是這樣。愛麗絲的意識本身被吸進無底深淵般的黑暗當中。

這是敵人的心念。和騎士長貝爾庫利經過淬煉的鋼鐵般強韌心念，以及最高司祭亞多米尼史特蕾達燒盡萬物的雷擊般熾烈心念完全不同，那是能吞噬、捕捉一切事物的虛無心念……

浮現這樣的念頭之後，愛麗絲的意識就中斷了。

＊＊＊

對於皇帝貝庫達，也就是加百列·米勒來說，這個局面完全是一場賭博。

但他還是確信只要讓潛行到戰場的數萬美國人玩家包圍人界守備軍，「光之巫女」愛麗絲一定會為了再次使用那種大規模的雷射攻擊，而單獨或者帶著少數人離開守備軍。

加百列跨上暗黑騎士團準備的黑色飛龍，一邊在戰場的遙遠高空盤旋，一邊持續等待著。這是潛行到Underworld之後，感覺最為漫長的一段時間。

但是終於有一道小小的黃金光芒穿過行軍蟻群體般的包圍網，開始朝著南邊的丘陵地帶移動。

「愛麗絲……愛麗西亞。」

加百列臉上浮現以他來說相當罕見的真心笑容，並這麼呢喃著。

他甩了一下韁繩，命令飛龍下降。

加百列那虛無卻又擁有壓倒性強度的想像力，也就是心念，已經完全侵蝕高傲飛龍的AI，所以能夠隨心所欲地操縱牠。飛龍疊起翅膀像箭一樣緊急下降後，右腿的鉤爪就一把抓住急奔的黃金騎士背部。

飛龍隨即展開雙翼並叫了一聲，然後再次往高空飛去。

加百列的意識連一秒鐘都沒有朝向自己造成的慘烈戰場。對他來說，黑暗領域軍、人界守備軍以及召喚過來的現實世界人都已經不關他的事了。

再來就只要專心朝南邊距離目前所在位置最近的系統操縱臺——「世界盡頭的祭壇」飛翔就可以了。從該處把愛麗絲的靈魂排出到現實世界，然後自己也跟著登出。

稍微把視線往下移，就看到被飛龍的腳捕獲而喪失意識的愛麗絲那隨風飄揚的金髮。

真想早點觸碰她。真想盡情地享受她的身體與靈魂。

到系統操縱臺的路途相當漫長。就算是飛龍個體的移動力都得花上數天吧。就趁著這段時間，享受愛麗絲還具備Underworld肉體的模樣也算別有一番樂趣。

加百列感覺甜美的衝動爬上背肌，嘴唇也再次上揚。

＊＊＊

沒想到——

會為了掠奪一名少女這個目的，就把五萬黑暗領域軍以及新召喚的三萬名步兵全都浪費掉。

身為整合騎士團首領，同時是最長壽人界人的貝爾庫利·辛賽西斯·汪，從感覺到皇帝貝庫達虛無心念的那個瞬間開始，就認為自己一直著保持最大限度的警戒。但是結果就是愛麗絲整個人被綁走了，才知道自己完全沒有看出貝庫達的企圖。

愛麗絲在距離數十梅爾遠的地方被黑色飛龍的鉤爪抓住的瞬間，貝爾庫利就做出連自己也不知道究竟隔了多少年未曾出現的行動。

他從丹田發出真正的憤怒聲：

「你這傢伙，想對我的弟子做什麼！」

空氣倏然為之一震，周圍甚至爆出白色電光。

但是捕獲愛麗絲的皇帝貝庫達卻連頭也不回，直接一直線往南方的天空上升而去。

貝爾庫利用力握住愛劍「時穿劍」，準備朝著飛龍追去，但是愛麗絲用術式在敵人戰線上開出的洞已經被填補起來，一大群深紅色步兵一邊吐出奇怪的罵聲一邊靠了過來。

「給我……」

在貝爾庫利吼出「讓開」之前，一道炫目白銀光芒已經越過他的頭頂。

那是邊發出尖銳清澈的「嘰哩嘰哩嘰哩」聲邊在空中飛翔的兩枚飛刀。也就是整合騎士連利的神器「雙翼刃」。

背後可以聽見少年騎士尖銳的聲音：

「Release recollection！」

綻放出一瞬間的光芒後，飛刀在空中融合。變成十字飛翼的刀刃，一邊超高速旋轉著一邊以自由自在的軌跡飛翔，把擋住去路的眾敵兵全都砍倒。

貝爾庫利保持背對著連利的姿勢來回應他的叫聲。

「騎士長，請快點過去吧！」

「抱歉！再來就交給你了！」

他迅速沉下腰部，右腳全力往地面踢去。

瞬間，穿著東方風服飾的騎士長就化成一道藍色疾風。貝爾庫利一口氣突破在一大群敵人中再次打開的縫隙。他急奔的速度，遠超過黑暗領域的拳鬥士藉由長時間戰舞才能鍛鍊出來的跑動速度。

皇帝貝庫達抓走愛麗絲的飛龍，這時早已變成高空中滲出的一個小黑點。

貝爾庫利一邊奔馳，一邊用左手貼在嘴角然後發出尖銳的哨聲。

幾秒鐘後，銀色飛龍就從前方的山丘飛起。那是貝爾庫利的坐騎——星咬。

不過回應口哨的龍不只有一頭而已。愛麗絲的坐騎雨緣，以及在東大門喪命的騎士艾爾多利耶的坐騎瀧剞也跟在後面。

「你們……」

貝爾庫利把原本想對後面兩頭龍發出的待機命令一口吞了回去。

滑過低空靠過來的星咬一個轉向，把腳對著貝爾庫利伸出去。

騎士長把左手放到鉤爪上，接著一口氣把自己抛上龍的背部。一跨到鞍上，就猛然揮下右手上的劍。

「衝吧！」

才剛叫完，星咬、雨緣與瀧刳就同時拍動翅膀，飛上染了紫色的清晨天空。

三頭龍組成了楔形隊型來飛翔，而飛在遙遠前方的黑龍腳下附近，一瞬間閃動了一下金黃色光芒。

＊＊＊

四千名拳鬥士一口氣跑過亞絲娜生成的石橋，和好不容易存活下來的兩百人左右的同伴會合之後，隨即從人界軍旁邊經過，簡直就像巨大的攻城槌一般猛烈地撞向敵軍中央。

他們十人一組緊密地排成一橫列，然後以完全一致的動作把右拳往後拉來擺出備戰姿勢。

「「「嗚、啦！」」」

隨著完全重疊在一起的吆喝聲所揮出的十記正拳突刺，直接折斷、轟裂了紅色士兵的劍與鎧甲。二十名以上的敵軍在發出悲鳴的情況下，噴出血霧往後方飛去。

十個人施放完貫注全部鬥氣的突刺後，迅速往旁邊退開讓出空間，正後方的十個人立刻從縫隙衝出來組成緊密的橫列。

這次變成以完全一致的動作擊出前踢。再次有大量的敵人像遭到砲擊般被轟飛。

「嗚啦啦！」

「……好厲害。」

亞絲娜一邊用昨晚剛背下來的治癒術指令治療左臂的傷口，一邊忍不住這麼呢喃著。在旁邊喝著水的謝達，側臉上也滲出些許感到佩服的氣息。

拳鬥士們的輪值，與過去在Sword Art Online刀劍神域裡攻略組對上魔王時所實行的「切換」相當類似，但是更加地洗鍊。幾個由十人排成十列的百人集團，簡直像工地用重機械般蹂躪敵人的模樣，讓看見的人忍不住覺得相當可怕。

「光是佩服我們會很困擾喲。直接往南貫穿敵陣之後該怎麼做？就算是我們，也很難在這裡殲滅那麼大量的敵人。」

站在亞絲娜身邊雙手環抱胸前的紅髮族長，這時以嚴肅的表情這麼說道。

光看往前的突進力的話，拳鬥士隊看起來確實是難逢敵手，但也已經出現被數倍的敵兵從側面突擊後陣型崩毀的集團。畢竟目前被召喚到這裡來的美國玩家人數也還是超過兩萬人。

「…………南向突破敵陣之後，請直接一口氣前進和敵人拉開距離。我會再次製造峽谷來隔離敵人。」

亞絲娜以沙啞的聲音這麼回答。

真的辦得到嗎？剛才光是製造一座小小的橋就快要昏倒了。要是再次進行延伸到地平線為止的大規模地形操作的話，真的有可能被強制登出，一個搞不好甚至會對肉體的腦部造成物理性傷害……

亞絲娜用力咬住嘴唇來斬斷一瞬間的猶豫。只能硬著頭皮上了。召喚美國人玩家應該是皇帝貝庫達最後的計策了吧。這樣的話，只要擊潰這條策略，就算亞絲娜在這時候脫離，他也沒辦法再對愛麗絲出手了才對。

就在這個時候，一名衛士從南邊往停留在北端的亞絲娜與謝達跑過來。

「傳令！傳令——！」

似乎在移動中負傷而半邊臉孔染血的衛士，在亞絲娜面前跪下後就用沙啞的聲音大叫：

「來自於整合騎士連利大人的傳令！整合騎士愛麗絲大人，被敵人總大將乘坐的飛龍綁走了！飛龍似乎直接朝著南方飛去……！」

「什……！」

亞絲娜說不出話來。

怎麼會——難道說，這種狀況是為了誘使愛麗絲獨自離開人界軍……！

「你說……皇帝飛走了？」

以奇妙的破碎聲音回應的，不是亞絲娜也不是謝達，而是拳鬥士的族長。唯一殘留下來的左眼浮現異樣光芒的他繼續擠出聲音。

「這麼說來，剛才坐在飛龍上……不是只為了看熱鬧嗎……喂，女人！」

年輕人以發出銳利光輝的獨眼凝視亞絲娜，然後著急地逼問她。

「那個叫愛麗絲的就是『光之巫女』吧？皇帝為什麼想要得到那個傢伙？光之巫女落入皇帝手中的話，到底會發生什麼事？」

「這個世界……將會毀滅。」

亞絲娜簡短地回答。拳鬥士的左眼因為驚愕而瞪大。

「闇神貝庫達獲得光之巫女愛麗絲並且到達『世界盡頭的祭壇』時……這個世界，不論是人界還是黑暗領域，包含居住在這裡的人們全將回歸虛無。」

亞絲娜腦袋的角落意識到自己這時所說的話，帶有極為濃厚的ＲＰＧ遊戲劇本的味道。但這是無庸置疑的事實。獲得愛麗絲的皇帝貝庫達，也就是現實世界裡強行突襲Ocean Turtle的隊伍，毫無疑問地會把收納Underworld所有居民搖光的LightCube Cluster完全破壞。

——啊啊，該怎麼辦才好？史提西亞帳號並沒有附加飛行能力。該怎麼做才能追上乘著飛龍的皇帝貝庫達……

回答亞絲娜內心煩惱的，是站在旁邊的灰色騎士謝達。把喝光的水袋掛回腰帶上之後，有著沉穩容貌的女騎士便這麼說道：

「飛龍無法永遠飛行下去。連續飛行最多只能夠撐半天。」

結果瞄了謝達一眼後立刻把臉轉回來的拳鬥士族長，啪一聲用拳頭擊打手掌後大叫：

「這樣的話，你們就只能咬緊牙關追上去了！」

「什麼追上去……你……」

亞絲娜茫然看著敵將年輕的容貌。

「你是黑暗領域軍的人吧？為什麼會像這樣站在我們這一邊……」

結果敵將用鼻子哼了一聲，接著丟出這麼一句話：

「皇帝貝庫達確實在我們十侯面前這麼說了。他說自己想要的就只有光之巫女，只要能獲得那個傢伙，其他事情他就不管了。從捕獲到巫女的那一刻起，皇帝的目的就達成了……也就是說，我們的任務也全部結束了。再來我們要做什麼……就算是從皇帝手中把巫女奪回來還是幫助人界軍都是我們的自由了吧！」

竟然有如此牽強附會的說法。

亞絲娜啞然看著拳鬥士的臉。但是出現在他臉上的卻是和氣勢發言相差甚遠的悲壯決心。

拳鬥士的左眼筆直看著亞絲娜，然後開口表示：

「……我……我們無法直接違抗皇帝。他具有壓倒性的力量……因為他連手指都沒動一根，就殺掉說不定比我還強的暗黑將軍夏斯達。如果皇帝再次下達和你們戰鬥的命令，我也只能遵從——所以，我們拳鬥士團就在這裡擋住這些紅色士兵。你們人界軍去追皇帝吧。然後……把皇帝……把那個傢伙……」

年輕人忽然不再說下去，臉孔則像是因為不存在的右眼產生疼痛而扭曲。

「幫忙告訴那個傢伙，我們不是你的玩偶。」

剛好在這個時候，一聲特別高亢的拳鬥士喊聲從戰場南側響起。前頭的部隊終於突破紅色步兵團的包圍，到達後方的荒野。

「很好……」

年輕族長右腳「滋噹！」一聲往下一踏，然後用驚人的聲量命令：

「你們這些傢伙，把那個突破口撐住！」

接著把視線拉回來亞絲娜身上，快速地說道：

「你們快點離開這裡！我們沒辦法撐太久！」

亞絲娜用力吸了口氣並點了點頭。

——這個人也是人類。

就算是人工搖光，依然是擁有強韌、高傲靈魂的人類。明明對於冷血砍斷一族橫渡峽谷時的繩索，斬殺了百名以上族人的我們，應該也有想發洩的怨恨與憎惡。

「……謝謝。」

好不容易擠出這麼一句話，亞絲娜就轉過身子。

這時背後的整合騎士謝達對她搭話：

「我也留在這裡。」

不知道為何已經有這種預感的亞絲娜，回過頭來對著灰色女騎士輕輕笑了一下。

「我知道了。就麻煩妳殿後了。」

*＊＊

伊斯卡恩默默地目送栗色頭髮的不可思議女騎士，以及剩下七百名左右的人界軍跑過一族的鬥士們維持東西戰線來撐住的突破口。

接著把視線從土塵上移開，看向站在身邊的灰色整合騎士。

「……真的沒關係嗎，女人？」

「已經說過我的名字了。」

被狠狠一瞪後，伊斯卡恩才聳聳肩重新說道：

「沒關係嗎，謝達？不知道能不能活著回去喲。」

瘦削的騎士聳肩讓全新的鎧甲發出「鏘」一聲。

「要幹掉你的是我。不會讓給那些傢伙。」

「嘿，真敢說。」

這次伊斯卡恩真的發出快活的笑聲。

想幫助無謂慘死的伙伴。原本只希望做到這一點的自己，現在卻為了從紅色軍隊手中守護人界軍而賭上部族全體的命運，雖然這實在有點不可思議，但是胸中卻吹起一股爽朗的風。

——嗯，這樣的死法也不錯啦。

如果是為了守護整個世界，在故鄉的老爸和弟妹們應該也能理解吧。

「好啦——！你們這些傢伙，打起精神來啊！」

立刻就有「嗚啦啊！」的吼叫聲回答他。

「組成圓陣！全面防禦！把那些靠過來的蠢蛋全部轟爛！」

「冠軍，真令人熱血沸騰。」

無聲回到背後固定位置的達巴，讓沾滿血的左拳發出喀嘰喀嘰的聲音。

＊＊＊

越過南邊的山丘，撤退到補給隊等待的森林裡時，亞絲娜從少年騎士連利那裡得知騎士長貝爾庫利隨著三匹飛龍一起去追蹤皇帝貝庫達了。

「……你認為能追得上嗎？」

面對亞絲娜的問題，連利殘留著稚氣的臉上出現嚴肅的表情並回答：

「老實說，有點難判斷。因為原則上飛龍是以同樣的速度飛行，也必須在同樣的時間休息……不過，皇帝貝庫達的飛龍因為搬運愛麗絲大人，所以天命的消耗應該會增加一些才對。反過來騎士長閣下可以輪流騎乘三匹飛龍來減低牠們的疲勞，所以應該能慢慢拉近距離……」

事到如今，再來也只能祈求騎士長在貝庫達到達世界盡頭的祭壇之前追上他了。

但是，就算能順利捕捉到皇帝——

騎士長貝爾庫利單獨一人真的能贏得了闇神貝庫達嗎？

沒想到連襲擊者都是用超級帳號登入的亞絲娜，沒有聽說貝庫達被賦予了什麼樣的能力。但是，如果貝庫達擁有和史提西亞的地形操縱同等的力量——那麼就算是能夠以一擋百的整合騎士長，要與他單挑應該也很難獲勝吧。

當亞絲娜想到這裡時，連利就用斬釘截鐵的口氣說：

「如果能追上，騎士長閣下一定會把愛麗絲大人救回來。因為那位大人是世界最強的劍士。」

「……嗯，說得也是。」

亞絲娜也堅定地點了點頭。

到了這個時候，也只能相信對方了。不是才剛目擊到Underworld人的意志有多麼堅強嗎？

「這樣的話，我們也全隊往南前進吧。幸好前方好像是一大片平坦的土地。雖然追趕不上貝爾庫利先生，但或許能幫上什麼忙也說不定。」

「我知道了，亞絲娜大人。那麼我立刻讓他們進行出發的準備。」

連利加快奔跑的速度，搶先消失在森林當中。

亞絲娜一邊目送他的背影離開，一邊對著自己說道。

絕對要保護桐人，以及他想保護的愛麗絲和所有人界人。不論受到多少次傷害——不論得承受多大的痛楚。

***

這個時候——

現實世界裡漂浮在太平洋上的海洋研究用自走式巨大人工母船「Ocean Turtle」的主控室

「地底世界大戰」戰況

「最終負荷實驗」第二天

東大門

亞絲娜
生成的
峽谷

攻擊

拳鬥士公會會長
伊斯卡恩

共同戰鬥

闇神
貝庫達

整合騎士
愛麗絲

往世界盡頭的
祭壇

遺跡

人界軍誘餌部隊

整合騎士
謝達

世界盡頭的
祭壇

插畫／來栖達也

裡，襲擊隊伍中負責電子戰的隊員克里達正準備讓新的第二波多達兩萬人的美國人玩家潛行到Underworld裡。

但座標卻是追隨加百列・米勒的現在位置，變更為比第一波的投入地點更往南十公里左右的地方。

2

「…………嗚！」

瓦沙克．卡薩魯斯隨著銳利的呼吸聲迅速撐起身子。

一邊亂甩著綁成馬尾的捲髮一邊快速確認周圍。

發出鈍重光芒的金屬牆。施加了防滑樹脂加工的地板。微暗當中朦朧浮現出來的無數螢幕與指示器。

接著認真地看了一會兒坐在眼前椅子上那名瘦削的平頭男子後，瓦沙克才終於想起來這裡是Ocean Turtle的主控室。

平頭男——克里達用鼻子哼了一聲後才用尖銳的聲音說：

「哎呀呀，醒過來了嗎？我還以為你的腦細胞都燒焦了呢。」

「……Shut the fuck up。」

瓦沙克一邊以呢喃聲回應，一邊低頭看著自己的身體。目前是躺在鋪於牆壁邊的薄墊上，肚子上還隨便蓋著一件夾克。

像是不知道究竟是怎麼回事般用力搖了搖頭後，腦袋中央就傳來刺痛感。他再次咒罵了一聲，然後對房間另一側坐成一圈打著牌的數名隊員搭話道：

「喂，有沒有人帶了阿斯匹靈？」

結果滿臉鬍鬚的突擊隊員布里克默默在口袋裡找了一會兒，然後丟了一個小小的塑膠瓶過來。瓦沙克單手接住後，扭開瓶蓋就隨手把藥丸倒進嘴裡並將其咬碎。

足以讓舌頭麻痺的苦味終於讓他的一些記憶變得比較鮮明。

「對喔……我掉到無底的深淵裡……」

一這麼自言自語，克里達就帶著滿臉笑容對著他問：

「你在裡面到底是怎麼死的？竟然昏了整整八個小時。」

「八……八小時！」

感到驚愕的瓦沙克甚至忘了頭痛直接跳起來。

瞪著左手腕上的G-SHOCK手錶，得知目前是日本標準時間上午六點三分。距離日本的神盾艦「長門」以及自衛隊員衝進Ocean Turtle的期限大約剩下十二個小時。

不對，更重要的是——

昏過去八小時的話，在時間經過加速的Underworld裡應該已經過了漫長的歲月才對。人界對暗黑界的戰爭……以及捕獲「愛麗絲」的任務究竟如何了呢？

但是，克里達像是看透瓦沙克的驚訝般，嘖一聲咂了一下舌頭。

「少在那裡瞪大眼睛了。放心吧，你在裡面掛掉的時候，時間加速已經降到等倍了。」

「你……你說等倍？」

這樣的話，那邊的狀況應該沒什麼太大的變化吧。不對，等一下，這也算是個大問題吧。

「喂，四眼田雞，你到底懂不懂啊。再十二個小時，JSDF的海軍就要衝進來嘍！」

像是感到很厭煩般揮開瓦沙克用力晃動自己平頭的手，克里達接著回答：

「那還用說嗎～這全部都是米勒隊長的指示啦。」

他接下來說明的「作戰」，連身經百戰的VRMMO玩家瓦沙克都感到驚訝。

指揮襲擊小隊的加百列·米勒在遠離黑暗領域東部的帝宮黑曜岩城裡的系統操縱臺前，已經祕密地對現實世界的克里達留下指示。

他要克里達製作宣傳無視法律規範的新暴力型VRMMO——當然指的是Underworld——的封測宣傳網站，並且準備好連線用的用戶端程式。然後在七月七日凌晨十二點左右把加速倍率降到等倍，同時在全美國募集封測玩家。

「……靠這個被鎖住的操縱臺，只能知道隊長和你的座標，以及個體的大略分布。所以這個作戰是人界方(Human empire)的抵抗比預測來得強烈時的保險手段。」

克里達細長的手指在鍵盤上跳動，讓Underworld的全體地圖顯示在正面螢幕上。

銳角變圓的倒三角形世界地圖上，東邊的角落有兩條紅線開始延伸，逐漸往西方移動。

「這就是你和隊長的移動履歷。看好了，你這傢伙在帝國東側的大門附近亂繞，然後在這個地方喪命。」

一條紅線在「東大門」稍微往南方一點的地方變成×號然後就中斷了。

「但是隊長現在越過你死亡的地點，繼續往南方前進了。而且是把黑暗領域全軍丟在北邊，單獨南進。至於這是什麼情形嘛……」

「不是在追『愛麗絲』，就是已經抓住她了吧。」

瓦沙克發出沉吟聲後，克里達也點點頭並繼續說明：

「原本的作戰呢，是剩餘時間剩下八小時，或者人界軍全滅時就再次把加速倍率恢復成一千倍。光是這樣，內部就已經過了一年。加速恢復的時候，潛行到裡面的美國玩家就會因為延遲而全部被登出，不過只要戰爭能夠獲勝就沒關係了。」

「這樣的話，現在就恢復倍率如何啊？人界守備軍已經沒剩下多少兵力了。」

「事情沒這麼簡單。你看看這個地方。」

克里達敲打鍵盤，擴大一部分地圖。

分隔人界與暗黑界的東大門，從該處往南方數公里的地方，直向並排著平地、山丘與森林等地形。而森林裡還潛伏著人界軍……該處也就是瓦沙克死亡的地點。

但不知道什麼時候，森林與平地之間出現了長達五十公里以上的東西向巨大峽谷。在峽谷周邊蠢動的極小圓點集合體，分別以紅、白、黑等三種顏色來顯示。

「這個紅色所表示的就是丟進Underworld的美國人玩家集團。雖然減少了許多，但還剩下兩萬左右。然後有一半被紅色包圍的黑色集團就是黑暗領域軍。大概有四千人左右。」

「喂……喂喂，怎麼看紅色都在襲擊黑色吧。」

「因為在假的封測宣傳裡，只寫了能夠盡情殘殺超真實的ＮＰＣ而已。從美國潛行的傢伙，無法區別人界軍與暗黑界軍啦……但是，不知道為什麼，黑色減少的速度比想像中還要慢。對於皇帝絕對忠實的暗黑界軍，絕對不可能抵抗算是被皇帝召喚過來的美國人玩家才對啊。」

「我看是只顧著一點一點地虐殺敵人吧。」

「嗯，反正這黑色的四千人不久後就會全滅吧。問題是，這邊有一點點白色的集團吧。」

克里達移動浮標。確實有一個小小的白色集團，就像是要追趕往南直線前進的皇帝貝庫達，也就是米勒隊長一樣正在移動。

「這是人界軍。地圖上看起來雖然小，但還是有七百人左右。這些傢伙追上隊長的話會很麻煩，得想個辦法阻止他們才行。」

「你說阻止……但要怎麼做呢？」

不直接回答瓦沙克的問題，克里達簡短地嘻嘻一笑後，又繼續操縱起鍵盤。

地圖上打開了新的視窗。以全黑色為背景的視窗上，可以看見巨大的紅雲正不停地蠢動。

「這些傢伙是來不及趕上第一次連線，正在等待第二次連線的美國玩家。到達兩萬人時，就把他們丟到人界軍的座標上。戰力比是一比二十八，一瞬間就能殲滅對方喲。之後再把加速恢復成一千倍，隊長也還是有充足的時間抓住愛麗絲並且到達最南端的系統操縱臺才對。」

「……能這麼順利就好了。」

瓦沙克一邊摩擦著下巴一邊提出反駁。

「人界軍比你想的還要難纏。尤其是那些叫作整合騎士的傢伙更是瘋狂，他們把黑暗領域軍的前鋒殺得片甲不留。不然的話，我怎麼可能會這麼……狼狽…………」

當瓦沙克說到這裡時。

終於想起來自己是被什麼人用什麼方法所殺。

他瞬間屏住呼吸並且瞪大雙眼。從遙遠夜空中低頭看著自己的女神般模樣鮮明地在腦海裡復甦。忘我的他，脫口而出的不是英文而是日文。

「——『閃光』……！對了……不會錯的，那絕對是那個女人……！」

「啥？你在說什麼？」

克里達露出疑惑的表情，瓦沙克則緊抓住他的平頭，接著恢復成英文丟出一大串話。

「喂，你這個阿宅，躲在第二控制室不出來的RATH那些傢伙也實行了跟你一樣的作戰喲！人界軍裡面有日本人的VRMMO玩家！」

「什麼～？」

不理會露出懷疑表情的克里達，瓦沙克單邊臉頰上揚起了猙獰的笑容。

「既然『閃光』亞絲娜在那裡，說不定那傢伙也潛行到裡面了……真的假的，不能繼續待在這裡了……喂，我也要再回去那邊！把我和那兩萬援軍一起降到那個白色集團的座標上！」

「什麼回去，已經沒有被你白白浪費掉的黑騎士帳號嘍。和援軍一樣的士兵帳號是要多少有多少啦。」

「帳號的話……我有特別保留下來的。」

在喉嚨深處發出「咕咕」的笑聲後，瓦沙克就撿起掉在操縱臺上的代餐條包裝紙，然後迅速動著從克里達胸前口袋拔出來的筆。

「聽好了，用這個ＩＤ和密碼登入日本『The Seed連結體』的綜合入口，把保存在裡面的遊戲角色轉移到Underworld。我要用它來潛行。」

留下這句話後，瓦沙克往通往ＳＴＬ室的門走了幾步。

但是，這時候又忽然停下腳步。

再次回頭的瓦沙克嘴角，已經掛著連知名電子犯罪者克里達都忍不住背脊發涼的，殘酷且殘忍的笑容。簡直就像幾秒鐘前那種粗俗、開朗、聒噪的傭兵，只不過是他表面的人格之一而已。

瓦沙克踩著貓一般的無聲腳步回到操縱臺旁，又在克里達耳邊簡短呢喃著追加的指示。幾秒鐘後，駭客就茫然凝視著這次確實吞噬了瓦沙克的ＳＴＬ室大門，而他手上則殘留著小小的紙片。

紙上寫著三個英文字母以及八位數字。克里達並不清楚Ｓ、Ａ、Ｏ三個字後面的文字列代表什麼意思。

＊＊＊

衝過進行出發準備的衛士之間進入補給隊馬車裡的亞絲娜，這時看見的是橫向倒在地上的銀色輪椅、左手微微動著的黑衣青年，以及趴在他身上的兩名少女。

聽見腳步聲迅速抬起臉的羅妮耶，一確認來者是亞絲娜，就扭曲被淚水濕濡的臉頰大叫：

「亞……亞絲娜大人！桐人學長他……好幾次、好幾次都想到外面去……」

亞絲娜咬緊嘴唇點了點頭，然後跪到地板上，以平安無事的右手緊握住桐人的左手。

「嗯……愛麗絲小姐……被敵人的皇帝給綁走了。我想桐人一定是感覺到這件事了。」

「咦……愛麗絲大人她！」

這麼大叫的是緹潔。白色臉頰變得更蒼白了。

這時打破一瞬間沉默的是桐人軟弱又沙啞的聲音。

「啊……啊……」

左手動了起來，想要去觸碰亞絲娜受傷的左臂。

「桐人……你在擔心我嗎……？」

當亞絲娜忍不住這麼呢喃時，注意到她傷勢的羅妮耶才發出類似悲鳴的聲音。

「亞、亞絲娜大人！妳的手臂……！」

「不要緊。因為這傷對我來說就像假的一樣……」

呢喃完後，亞絲娜就靜靜地舉起手肘以下已經消失的左臂。

關於形成Underworld的「汎用視覺化記憶」科技，已經接受過ＲＡＴＨ的比嘉健粗略的指導。雖然所有的物體都和ＡＬＯ一樣是由The Seed program所生成，但是對使用ＳＴＬ潛行的亞絲娜、桐人，以及緹潔等人工搖光來說，這個世界的萬物都是從Main Visualizer下載下來的「共有記憶」。是藉由想像力具現化的另一個現實。

賦予超級帳號——史提西亞的天命，也就是ＨＰ是相當龐大的數字。幾乎到達可以設定的數字上限，所以如果是通常武器的攻擊，就算有一百把劍貫穿亞絲娜，她的天命也不會歸零。

但是紅色士兵揮落的巨大戰斧直接砍中左臂時，亞絲娜還是打從心底感到恐懼。被這麼大的斧頭砍中的話手臂一定會被砍掉，她自己這麼想像，而想像力也就把它變成現實。

就和桐人的右臂是一樣的情形。數值上的天命明明早已經恢復，但是手臂卻沒有復原。這是因為桐人一直在處罰自己的緣故。

亞絲娜把自己的右手舉到綁著繃帶的左手切斷面前。

然後集中意識，堅定地告訴自己。

我不會再感到害怕了。在桐人以及這個世界安全之前，我再也不會……輸給任何人。

啪一聲傷口出現白光。溫暖的光輝無聲往前延伸，失去的左臂就這樣逐漸復原。

對像是看見奇蹟而瞪大雙眼的兩名少女報以微笑後，亞絲娜就用恢復原狀的左手輕輕抱住桐人的頭，接著對心愛的人呢喃：

「聽我說，我不要緊了。也一定會救出愛麗絲小姐給你看。所以……那個時候，桐人也不要再責備自己了……」

雖然不知道說的話能不能傳到對方心裡，但可以感覺到緊繃的瘦削身體逐漸放鬆。亞絲娜再次緊抱桐人，然後就迅速抬起臉來說：

「我們接下來要去追敵人的皇帝。現在貝爾庫利先生已經騎飛龍追過去了，一定會在哪個地方追上他才對。在那之前，桐人就拜託了……羅妮耶小姐、緹潔小姐。」

「好……好的！」

「請交給我們吧，亞絲娜大人！」

亞絲娜對點頭的少女露出微笑，然後一邊忍著眼淚一邊把桐人交給羅妮耶，自己從馬車上跳了下去。

結果就在這個時候，昨天晚上和亞絲娜、羅妮耶等人一起參加回憶爆料大會的高個子女性劍士跑了過來。雖然她銀色的鎧甲上沾滿血跡與塵土，額頭上也纏著繃帶，不過看起來不是太嚴重的傷勢。

「太好了，妳平安無事，索爾緹莉娜小姐。」

亞絲娜朝對方這麼搭話，劍士就迅速回以Underworld風格的敬禮並回答：

「亞絲娜大人也平安真是太好了……不過——據剛才聽見的傳聞，愛麗絲大人似乎被敵人的總大將綁走了……」

「是的。剛才也告訴過緹潔小姐她們了，皇帝貝庫達完全拋下自己的軍隊，獨自一人襲擊了愛麗絲小姐。實在沒想到他會有這樣的行動……」

「……竟然有這種事……」

亞絲娜以剛治好的左手，用力抓住愕然睜大雙眼的索爾緹莉娜右肩。

「但是，事情並不會這樣就結束。貝爾庫利先生騎飛龍去追貝庫達了。我們也馬上要追上去。」

「了解了。」

互相點了點頭後，兩個人就一起趕往守備軍誘餌部隊的大本營。

根據整合騎士連利的指示，七百名衛士們幾乎快完成移動準備了。以治療完傷患的術師隊與補給隊為中心，流暢地組成隊型。

亞絲娜這時對前來報告完成準備的連利說：

「現在殘留在部隊裡的整合騎士就只有你而已了，連利先生。出發的指示就由身為指揮官的你來發布吧。」

「好……好的，我知道了。」

以緊張的面容點了點頭的少年騎士，隨即高舉起右手，以清晰的聲音大叫：

「愛麗絲大人在大門的戰役當中保護了我們！現在輪到我們為了愛麗絲大人而戰了！一定要從敵人手中奪回愛麗絲大人，和她一起回到人界！」

立刻湧出「喔！」的堅定喊叫聲。連利點了點頭，接著猛然揮落右手。

「──全軍，出發！」

連利的飛龍風縫開始在隊伍的前頭跑了起來。四百人的前衛部隊以騎馬與步行的方式前進，載著補給物資的八台馬車與三百名後衛部隊也依序開始移動。

只有一頭整合騎士謝達的飛龍，無論如何都不願意離開現場。在沒辦法的情況下解開牠的韁繩，灰色鱗片與主人髮色相似的飛龍叫了「咕嚕嚕嚕」一聲後，就朝著反方向的北邊——謝達留下來的峽谷南側戰場飛去。

馬車列的前面，和索爾緹莉娜同樣在馬背上搖晃的亞絲娜思考著。

要戰鬥的敵人就只有皇帝貝庫達一個人。

他的真面目是和亞絲娜一樣擁有虛假生命的現實世界人。這樣的話，就算同歸於盡也一定要打倒他。這樣才不會對不起為了防止紅色士兵們追擊，而留在死地的騎士謝達與獨眼拳鬥士族長，以及那四千名拳鬥士。

幾分鐘後，一整片枯木的森林消失，前方出現磨缽狀的巨大窪地。一條細長的道路貫穿宛如隕石坑般的地形往南方筆直延伸。

如果按照ＲＰＧ的規則，順著這條路的前方應該設置有城市或者遺跡之類的固定設施才對。但是暗黑領域的南部似乎不存在亞人們的領土。也就是說，這條路的終點就是「世界盡頭的祭壇」，而皇帝貝庫達與整合騎士愛麗絲就在這條路上的某個地方。

皇帝的飛龍就不用說了，現在連庫爾貝利騎著追上去的飛龍都已經不見蹤影。但是已經減少到剩下七百人的人界軍衛士們還是踩出腳步聲，並且盡可能以最快的速度在乾枯的道路上往前進。

越過隕石坑邊緣，跑向下坡，當部隊快來到磨鉢底部的這個時候——

可以感覺到某種低沉的震動。

那是「嗡嗡嗡嗡……」的蟲子拍動翅膀般的震動聲。

「…………？」

亞絲娜稍微抬起視線。環視左右接著確認背後。

再次凝視正面時，終於可以看見聲音的來源。

那是又紅又細的線。

從空中出現幾百條不規則明滅的記號羅列往地面延伸。

「…………不會吧…………」

顫抖的嘴唇漏出細微的聲音。

——騙人。不要這樣。別再出現了。

但是……

唰啊啊啊啊！

類似驟雨般的巨響一口氣炸裂。降下的無數紅色線條往左右兩邊散開。沿著隕石坑邊緣形成高密度的簾幕，把部隊完全包圍在裡面。

明明才剛發誓不再害怕，亞絲娜卻感覺雙腳瞬間失去力量。

出現在紅線聚集處的當然就是是那隻凶暴的深紅軍團——從現實世界被叫過來的VRMMO玩家了。

「全……全軍，不要停下腳步！突擊！突擊——！」

整合騎士連利在前頭做出這樣的指示。從快要產生動搖的人界軍各處傳出「嗚喔喔！」的戰鬥吆喝聲，移動速度也開始增加。部隊筆直地衝上隕石坑的斜面。

但是，簡直就像預先看出他們會有這樣的行動般，新出現的紅色軍隊在南側配置了最多的兵力。光是擋住道路的士兵們就有一千……不對，是兩千人吧。

還是應該冒著登出的危險再次使用史提西亞的地形操作嗎？但隨便出手的話，也可能妨礙到人界軍的進攻。

飛龍的吼叫聲貫穿了亞絲娜一瞬間的猶豫。

隊伍的前頭，由騎士連利乘坐的風縫，從嘴巴兩側閃著火光一口氣往前猛衝。

「糟糕……連利大人想犧牲自己來製造突破口……」

亞絲娜身邊的索爾緹莉娜以悲痛的聲音這麼表示，而連利就像聽見她的聲音一般在龍背上稍微回頭看了一眼。

——再來就拜託了。

少年的嘴唇這麼動著。

轉向前方的騎士，抽出腰間那一對美麗的回力鏢後，就以雙手擺出備戰姿勢。

就在他投擲出武器之前——

隕石坑正上方的天空忽然改變了顏色。

染上血一般紅色的黑暗領域天空忽然呈十字形裂開，亞絲娜看見後方是一整片深藍色的天空。

不論是密集在隕石坑邊緣，似乎立刻就要突進的無數紅色士兵，還是持續突進的人界兵，甚至是跑在前頭的騎士連利都同時抬頭仰望天空。

宛如延伸到宇宙一般的無限蒼穹。

從遙遠的地方降下一顆白色的閃耀星星。

不對，那是一個人。穿著與天空同樣的深藍鎧甲以及雲一般的白色裙子。劇烈搖晃的短髮是藍色。發出白光的是握在她左手裡的巨大長弓。臉龐因為逆光而看不清楚。

——那是誰……？妳到底是誰？

就像要回答亞絲娜無聲的問題一樣。

從空中降下的某個人，把幾乎跟她身高一樣的長弓舉向天空。

右手拉緊同樣發出朦朧光輝的弓弦。

一道極為猛烈的閃光。弓與弦之間出現發出純白亮光的光箭。

不論是人界軍還是紅色步兵都在不知不覺中停下腳步。在所有人都說不出話來的寂靜當中，身邊的索爾緹莉娜再次呢喃道：

「…………索魯斯大人……？」

宛如回應她的呼喚一般。

炫目的光箭被筆直朝空中發射出去。

光箭瞬時分裂並往各個方向擴散。

畫出銳角弧形後翻轉，變成白熱的雷射往地面降下。

衛士長索爾緹莉娜・賽魯魯特的話有一半正確。

出現在隕石坑上空，不對，應該說登入到這裡的現實世界人所使用的是超級帳號02「太陽神索魯斯」。

賦予該帳號的專屬能力是「廣範圍殲滅攻擊」。

＊＊＊

當詩乃／朝田詩乃隨著戰慄感往下看著自己造成的壓倒性破壞現象時，與叫作比嘉的技術人員進行的通話也在她腦裡復甦。

「那個，詩乃小姐，雖然超級帳號的確很強，但絕對不是萬能喲。是為了無論如何都要在Underworld進行大規模的操作時，能夠用該世界的居民大概還可以勉強接受的形式，才會準備這樣的帳號。」

「嗯……意思就是並非ＧＭ（Game master），而是非常強的ＰＣ（Player character）而已嗎？」

謎樣新興企業ＲＡＴＨ的六本木分部當中，橫躺在宛如最初期完全潛行實驗機的巨大ＳＴＬ機器裡面時，詩乃反問比嘉從擴音器裡傳出的聲音。結果聽見的是「啪嘰」這種應該是響指的聲音。

「Ｙｅｓ，正是如此。所以讓妳使用的『索魯斯』帳號也無法跳脫設定在Underworld裡的空間力這個大原則。用弓進行攻擊時，一定會需要消費空間資源。因為還有自動填充能力，所以白天的話不可能發生能源枯竭的情況，但還是請把它當成無法連射吧。」

正如比嘉所說的，握在詩乃左手上的純白長弓，在大規模攻擊之後光芒就變淡了。雖然再次逐漸從兩端出現發光特效，但應該要再過兩三分鐘才能再次進行全力攻擊吧。

——不能連射？哼，那算什麼問題。

跟全自動比起來，我比較習慣單發的武器啦。

在胸中放出這樣的豪語後，詩乃就確認起爆炸火焰逐漸止歇的地面情況。

全長應該有一公里的隕石坑邊緣上，燒成焦黑的屍體不斷變成光粒然後消失。一次的全力攻擊似乎就排除了五千以上的敵兵。老實說，幸好那不是真正的Underworld人，而是和詩乃一樣從現實世界登入到這裡來的美國人。相信是免費的封測，結果一連線的瞬間就被燒死的玩家們，現在一定在外面的世界感到一肚子火吧。

隕石坑中央，和紅色軍隊比起來規模實在太小的部隊再次開始前進。雖然還整整殘留了一萬名以上的敵人，但當中有將近半數都因為害怕下一次的射擊，或許應該說轟炸而看著上空的詩乃一動也不動，所以他們應該有辦法突圍才對。

詩乃瞇起雙眼，凝視著「人界」的隊伍。

立刻就注意到隊伍正中央附近，跨坐在白馬上那名筆直往上看著這邊的栗髮少女。

忍不住笑了一下之後，詩乃才試著控制附加在索魯斯帳號的專屬能力之一——「無限制飛行」。聽到比嘉說「用想像力飛行」時，還覺得那怎麼可能辦得到，但實際嘗試後才發現跟ALO的任意飛行差不多。少女立刻朝正後方的馬車一直線降下。

鮮藍色靴子的腳尖踏上帆布料的車頂時，就舉起右手這麼呼喊：

「讓妳久等了，亞絲娜。」

結果穿著珍珠色鎧甲套裝的少女，眼睛立刻浮現珍珠般的眼淚。靈活地站到還在奔馳的馬背上，直接跳到馬車屋頂……

「————小詩詩……！」

一邊發出擠出來般的聲音一邊張開雙臂。

被用力抱住的詩乃，輕輕地拍了拍好友纖細的背部，然後呢喃：

「妳很努力了。不要緊嘍……再來就交給我吧。」

她在被只比自己高一點點的亞絲娜抱住的情況下，把左手終於填充兩成力量的弓朝向前方，然後右手輕輕拉弦。

賦予索魯斯帳號的ＧＭ裝備，長弓「殲滅光線」能夠以拉弦的強度以及弓的角度來設定攻擊的威力與範圍。拉了十公分左右停下來後，就出現比剛才細了許多的光箭。詩乃把箭尖對準擋住前方奔馳大龍去向的敵人集團。

「噗咻」一聲細微的發射音響起。

由往右傾斜二十度左右的弓所發射出去的箭，一邊分裂一邊擊中直徑十公尺的範圍，引起不輸給拖式反裝甲飛彈的爆炸。紅色鎧甲被轟上高空，然後在空中消滅。接著龍立刻衝進因此而造成的空隙當中。殘活下來的十幾名士兵，也在龍用頭部以及鉤爪的橫掃與踢腿攻擊下輕易被打倒。

這時剩下來的敵兵好不容易從雷射攻擊的衝擊當中恢復過來，注意到原本要打倒的獵物已經準備要逃走了。士兵們從嘴裡發出叫罵聲，化成紅色海嘯由隕石坑的斜面往下方急奔。

詩乃把弓掛到手臂後就將手放在亞絲娜雙肩上，然後靜靜地移開身體。

「亞絲娜。我看到從這邊往南五公里左右的地方有一座遺跡般的廢墟。道路就從中央貫穿那座廢墟，左右兩邊並排著一些巨大的石像。到那邊的話，應該能在不被包圍的情況下迎擊敵人。想辦法在那個地方擊退這些傢伙吧。」

亞絲娜怎麼說也是身經百戰的戰士，聽見詩乃的話後立刻露出嚴肅的表情。擦去淚水後就開口表示：

「知道了。小詩詩……詩乃。就算美國的ＶＲＭＭＯ人口再多，應該也無法立刻準備更多的人數了。擊退那一萬數千人的話，我想……敵人應該就無計可施了。」

「知道了，交給我吧……還有，先不提這些……」

確認人界軍最尾端終於穿越敵人的包圍網後，詩乃就小聲詢問自己的好友。

「……那個，桐人在這個部隊裡嗎？」

這個行動讓亞絲娜也不由得露出些許苦笑。

「事到如今也不需要再用那麼見外的問法了吧。桐人他在這裡。」

舉起來的右手食指，指向兩人的腳邊。應該是在馬車裡的意思吧。

「這……這樣啊。那麼……我去跟他打個招呼。」

乾咳了一聲之後，詩乃就移動到蓋住大型馬車的車頂後端，稍微使用飛行能力讓身體滑進內部。

等待亞絲娜也下來，就朝著疊著木箱的深處移動。

首先進入視界的是，在讓人聯想到學校制服的服裝上穿戴了防具的兩名少女。她們一起瞪大雙眼，然後發出細微的聲音。

「索……索魯斯大人……？」

詩乃往下瞄了一眼自己顯眼的打扮後，才聳聳肩向兩人打招呼。

「初次見面，兩位好啊。雖然外表看起來像索魯斯，但內在不是。我的名字是詩乃。」

好不容易擠出笑容並自報姓名後，兩個人就眨了眨眼睛，但看見她身後的亞絲娜似乎就了解是怎麼回事了。詩乃這時也對她們點頭，接著繼續說：

「沒錯，我也跟亞絲娜一樣是現實世界人。同時也是桐人的……朋友。」

「是這樣啊……」

紅髮少女依然保持驚訝的模樣，但深茶色頭髮的少女卻露出微妙的表情並且小聲呢喃著：

「全都是女生……」

想著「還不只這幾個呢」的詩乃暗暗露出苦笑，然後穿越站在左右兩邊的少女之間，往馬車深處前進。

那裡可以看見一名坐在簡樸輪椅上，用僅剩的一條手臂抱住兩把長劍的黑衣年輕人。

比嘉健已經跟她說明過桐人的狀態。但是看見他這種受傷的模樣後，胸口還是湧起強烈的感情，雙眼也跟著滲出眼淚。

「……啊…………」

空虛的眼睛雖然沒有直視詩乃，但是卻從稍微打開的嘴裡發出細微的聲音。站在過去的強敵兼戰友，同時也是救命恩人的面前，詩乃靜靜地跪了下去。

劍士靠在輪椅椅背與扶手上的身體，瘦削到讓人猶豫是不是能夠直接觸碰。詩乃把長弓放到馬車的地板上，伸出雙手溫柔地把纖細的肩膀抱過來。

可以說是桐人的靈魂——搖光核心的「主體」，也就是Self-image似乎受到嚴重的損害。比嘉以沮喪的聲音表示目前還找不到回復的手段。

但是詩乃一邊用力眨眼讓淚珠從臉頰滑落，一邊在內心深處呢喃「那再簡單不過了」。

像是與桐人待在一起時的回憶，以及對桐人的強烈心意，許多人心裡，這些東西應該都多到快無法容納了吧。只要把這些一點一點收集起來，放回桐人的心裡就可以了。

——看，能感覺到吧……在我心中的你。喜歡諷刺、惡作劇，頑固又天真……同時也比任何人都強都溫柔的你。

一瞬間甚至忘了在後面注視著這一切的亞絲娜，詩乃改變臉孔的方向，確實地把嘴唇印到桐人的臉頰上。

這個時候——

朝田詩乃不知道自己帶著感傷的思考，已經極端接近讓桐谷和人的靈魂復原的唯一方法了。

如果詩乃對於Underworld與搖光的構造有充分的知識，或許就能得到解答。但是詩乃在潛行之前接受的指導，僅限於世界的現狀與索魯斯帳號的使用方法。

因此她便沒有追究嘴唇觸碰到臉頰時和人稍微震動身體，以及傳遞過來的體溫也微微上升的理由。

立刻把身體從桐人身上移開的詩乃，站起來看著背後的三個人。

「別擔心，當大家真的需要桐人的時候，他馬上會恢復健康了。」

亞絲娜和兩名少女在含著淚水的情況下點了點頭。

「那麼……我先一步飛到南邊的遺跡去確認地形。桐人就拜託妳們了。」

詩乃這麼搭話完就準備往馬車後方走去——

這時亞絲娜突然用力抓住了她的肩膀。

看見她眼裡透露出極為迫切的光芒，詩乃不由得屏住了呼吸。

「亞……亞絲娜，怎麼……」

雖然一瞬間浮現「要逼問我為什麼親桐人嗎」的想法，但是當然沒有發生這種事情——

「詩……詩乃啊，妳剛才說『飛』嗎？妳……妳能飛嗎？」

面對這急切的提問，感到困惑的詩乃點頭回答：

「嗯……嗯。好像是索魯斯帳號的專屬能力。聽說也沒有任何時間限制……」

「這樣的話，想請幫忙妳拯救的不是我們！去追愛麗絲……去追被皇帝抓走的愛麗絲小姐吧！」

亞絲娜接下來說明的狀況，比詩乃想像中還要來得緊急。

成為事件關鍵的整合騎士愛麗絲，被同樣從現實世界使用超級帳號潛行至此的皇帝貝庫達綁架，目前正乘著龍往遙遠的南方飛去。現在只有叫作騎士長貝爾庫利的劍士正在追趕貝庫達。

「就算是騎士長先生，要獨自面對使用超級帳號的對手恐怕還是力有未逮。如果沒辦法在皇帝到達世界盡頭的祭壇前救出愛麗絲，這個世界就會整個被破壞掉。詩乃，拜託妳，去幫助貝爾庫利先生吧！」

好不容易了解整件事情，把騎士長貝爾庫利的長相牢牢記住的詩乃，從馬車直接升空之後就一口氣拉高距離。

七百人界軍就這樣揚著土塵南下。

從北邊以怒濤般速度追趕過來的紅色軍隊，人數應該有他們的二十倍吧。

——救回愛麗絲後，我馬上會趕回來，在那之前要加油啊……亞絲娜。

在內心如此對好友呼喚完之後，詩乃就轉向南方，擠出全身的想像力來加速。她變成拖著長長尾巴的白色流星，撕裂紅色天空往前飛翔

詩乃俯瞰著眼睛下方那一片無盡的漆黑荒野，忽然想起一件事。

話說回來——

應該同時登入的莉法，到底跑到哪裡去了呢？

3

美國人玩家追趕著整合騎士連利率領的人界軍。

距離他們相當遙遠的北方，在亞絲娜生成的峽谷南岸，伊斯卡恩和拳鬥士團，以及整合騎士謝達正持續與目前仍剩下一萬以上的紅色軍隊苦戰著。

這個戰場的更加北方之處。

一個亞人佇立在可以眺望到殘留鮮明激戰痕跡的東大門的荒野中。

矮胖身體包裹在鋼鐵鎧甲底下。皮革披風正隨風飄蕩。圓滾滾頭部的兩側垂著薄薄的大耳朵，扁平的鼻子往正前方突出。

那是半獸人族的族長——利魯匹林。

讓僅剩的三千名士兵在後方待機，他獨自走到能清楚看見東大門的地點。之所以連一名護衛都沒帶，是因為不想讓人看見自己在地面到處爬的模樣。

在沙地裡挖了數個小時，利魯匹林終於找到自己冀求的物體。那是施加了簡樸雕刻的銀製耳環。

靜靜撿起後放在手掌上的耳環，平常總是在接受皇帝命令，成為暗黑術祭品的半獸人族公主騎士蓮茱的耳朵上閃閃發亮。

這是她唯一的遺物。荒野上不要說和公主一起死亡的三千半獸人兵的屍骸了，就連鎧甲的碎片都沒留下來。暗黑術師的恐怖邪術不只把半獸人們的肉體，甚至連裝備都轉換成暗黑力，然後一滴不剩地把它們用盡了。

至於行使那殘酷至極術式的女術師蒂伊·艾·耶爾，以及下達命令的皇帝貝庫達都已經不在這裡了。

暗黑術師公會的總長蒂伊，被捲入進行反擊的「光之巫女」那又恐怖又美麗的廣範圍攻擊而死，皇帝則是追著巫女飛往南方去了。他甚至沒有解除利魯匹林的待機命令。

光靠殘存的三千名半獸人兵，實在無法勝過守護東大門的人界軍與整合騎士。暗黑界五族的悲願，也就是征服人界的夢想已經破滅。

——這樣的話。

到底是為了什麼？

為什麼利魯匹林的青梅竹馬蓮茱，以及成為祭品的三千人，還有參加大門初戰的兩千名半獸人兵就得犧牲性命呢？他們的死又給暗黑界帶來了什麼呢？

答案是無。什麼都沒有。

只因為比人族醜這樣的理由，多達五千名的同族平白地死亡。

利魯匹林用雙手把小耳環抱在胸前，頹然跪到地上。憤怒、不甘以及壓倒性的悲哀湧上胸口，當這些感情就快要變成眼淚與嗚咽——

在這之前……

背後就傳來「咚滋」的輕響。

急忙站起身轉過頭的半獸人族長所看見的是，一屁股跌坐在地上而繃起臉的年輕人族女性。她有著光鮮的金髮、透明般的白色肌膚，以及嫩草色的裝束與金碧輝煌的鎧甲……那不是暗黑界人。毫無疑問是人界人。

利魯匹林率先感覺到的，不是對方唐突出現的驚訝，也不是對人族的憤怒，而是「不要看我」這種近似羞恥的感情。

這是因為眼前的女孩實在太美了。

首次近距離看見的白伊武姆年輕女性，和身材高大、魁梧，而且帶著淺黑色肌膚的暗黑界人女性簡直就像是不同種族一般。手腳像是輕碰一下就會折斷一樣纖細，頭髮在微弱日光下依然發出炫目的光輝，以驚訝表情筆直往上看的大眼睛，就像經過千錘百鍊的翠玉一樣。

利魯匹林忍不住覺得這嬌小又孱弱的生物美麗到令人發抖，而他也詛咒著產生這種感覺的自己。

同時也恐懼女孩的眼裡立刻會充滿厭惡的感情。

「別……別看！不要看我啊啊！」

他一邊叫喚一邊用左拳遮住自己的臉，右手則是握住了劍柄。

乾脆在聽見悲鳴之前，就先用劍砍下她的首級吧。

在衝動驅使下準備拔劍的瞬間，就感覺還握在左手的耳環刺了一下手掌。遭到簡直就像被蓮茱阻止的感覺打動，整個人倏然停止動作的利魯匹林，耳朵聽見出乎意料之外的聲音——或許該說是發言。

「那個……午安。還是應該說早安呢？」

女孩以輕快的動作起身，一邊拍了拍褲腳寬敞的短褲一面露出滿臉笑容。

利魯匹林從蓋住臉的拳頭後方，啞然往下看著這個嬌小的女孩並且不停地眨眼。

女孩眼裡看起來沒有嫌惡或者侮蔑，甚至是任何的恐懼之意。對於白伊武姆的小孩子來說，暗黑領域的半獸人應該是食人的惡鬼才對啊。

「為……為什麼？」

從嘴裡流露出來的發言帶著不知所措的感情，聽起來完全不符合暗黑界十侯之一的身分。

「為什麼不逃？為什麼不發出悲鳴？妳明明是人族，為什麼會這樣？」

結果這次換成女孩露出像是驚訝又像是困擾的表情。

「哪有為什麼……因為……」

接著就像在說「大地是平的，天空是紅的」一般，理所當然地繼續表示：

「你也是人類吧？」

這個瞬間，利魯匹林不知為何感覺背脊閃過一道深沉的震動。亞人族長依然用力握著大劍劍柄，難受地說道：

「人……人類？我嗎？說什麼蠢話，一看就知道吧！我是半獸人！被你們這些伊武姆咒罵是半人半豬的半獸人！」

「但還是人吧。」

女孩把手扠在纖細的腰上，宛如母親在告誡小孩子般重複了一遍：

「因為，能夠像這樣對話不是嗎？除此之外還需要什麼？」

「妳……妳說什麼………」

利魯匹林不知道該如何反駁她才好。綠色眼珠的少女充滿自信所說出來的話，對於至今為止對人族充滿劣等感與怨嘆的半獸人族長來說實在太過於怪異了。

……能夠說話就是人類？

「人類」的定義這麼簡單嗎？如果會說話就行，那麼哥布林、食人鬼、巨人族也都會說話。但是包含半獸人在內的四個種族，出生在暗黑界的時間點就被稱為亞人，和人類之間有著不可抹滅的區隔。

少女用一句「這不重要啦」，就把呼吸急促呆立在現場的利魯匹林內心感受的衝擊與混亂趕走，她環視了一下周圍並開口問：

「……這裡是什麼地方？」

＊＊＊

莉法／桐谷直葉推測自己出現在與原本座標有很大誤差的地方，於是恨恨地往上看著紅色天空。

聽說被分配到的ＳＴＬ六號機是剛出廠，甚至連塑膠套都還沒拆下來的新成品時就有種不祥的預感了。直葉絕對不會在比賽時使用新竹劍，同樣也不會相信剛從盒子裡拿出來的電子產品。不知道為什麼，從以前就維持著抽中出廠不良品的超高中獎率。

由於設定的登入座標應該和進入旁邊的ＳＴＬ試作一號機的詩乃一樣，是先行進入Underworld的亞絲娜目前所在地，現在周圍看不見她們的身影很明顯是發生了什麼錯誤。但是荒涼的原野上不是完全沒有人，眼前就有一個圓滾滾身體以及臉孔與豬非常相像的類人類——也就是「半獸人」站在那裡。

根據剛潛行時才有效的顏色浮標，可以知道眼前的半獸人並非目前的敵人，也就是美國的VRMMO玩家。他是生活在Underworld的「人工搖光」，亦即結衣口中所說的真正的Bottom-up型人工智慧。

在聽到關於Underworld人的說明時，莉法就決定只要不是無論如何都一定得那麼做的狀況，自己都不會對他們拔劍了。

這是理所當然的事。怎麼能夠殺害哥哥桐人想要保護的人類呢。因為人工搖光在這個世界死亡後，靈魂就會完全消滅而再也無法復活。

不過話又說回來——

ALO在多數The Seed連結體中一向以最高水準的視覺影像為傲，而站在眼前的半獸人，真實程度連出身於該處的莉法都覺得震驚。像是粉紅色大鼻子的動作與潮溼的模樣，包裹巨大身軀的金屬鎧甲與皮革披風的質感都無可挑剔，而最重要的是小小黑色眼珠裡浮現的豐富感情，在在顯示出寄宿在深處的確實是無庸置疑的真正靈魂。

雖然先對不知道為什麼感到畏縮般把臉別開的半獸人詢問這裡是何處，但是對方沒有回答。想著那就從更基本的地方開始，於是莉法就開口提出另一個問題。

＊＊＊

「那個……你叫什麼名字？」

陷入極端混亂當中的半獸人族長，反射性回答了白伊武姆女孩第二次提出的問題。自己被賦予的所有事物當中，或許只有名字是唯一不討厭的吧。

「我……我叫利魯匹林。」

自報姓名後馬上就後悔了。利魯匹林回想起很久以前，首次造訪帝宮黑曜岩城時，聽見自己名字的人族騎士與術師們開口大笑的事情。

但女孩還是露出滿臉天真無邪的微笑，然後用清澈的聲音重複了一遍利魯匹林這個名字。

「利魯匹林……真好聽的名字。我叫莉法。初次見面，請多指教。」

下一刻，對方就做出不知道第幾次令人驚訝的舉動。

她筆直地伸出柔嫩雪白的右手。

利魯匹林當然知道握手這種打招呼的方式，半獸人之間也經常這麼做。但是之前從未聽過伊武姆與半獸人握手這種事情。

——這個人類究竟是怎麼回事？這是什麼陷阱嗎，還是術師幹的好事？自己是什麼時候中了幻惑術呢？

利魯匹林只能凝視著伸出來的小手發出低吟，女孩也整整看著他將近十秒鐘，最後才像有點喪氣般把手放了下去。不知道為什麼，那種模樣讓利魯匹林的心底深處刺痛了一下。

繼續和這個女孩說話的話……不對，光是看著她，腦袋似乎就要燒掉了。利魯匹林雖然已經沒有砍殺女孩的想法，但是決定採取除此之外最不必使用頭腦的解決方法，於是開口說道：

「妳是……人界軍的衛士，不對，是騎士吧。這樣的話，妳將成為我的俘虜。我要把妳帶到皇帝那裡去！」

年紀雖然輕，但女孩裝備的鎧甲與左腰上的長劍，怎麼看都不會是給予一介士兵的物品。從精緻的雕工與綻放出來的炫目光輝來看，應該比利魯匹林的裝備還要高級許多。

聽見利魯匹林的大嗓門，女孩依然沒有露出任何懼怕的模樣，只是像在考慮什麼事情一樣，最後她輕輕聳了聳肩並詢問：

「你說的皇帝，指的是闇神貝庫達吧？」

「沒……沒錯。」

「我知道了。那你就把我帶到皇帝那裡去吧。」

女孩點點頭，然後把握拳的雙手一口氣往前伸。再次疑惑了一陣子後，才了解那不是握手而是催促自己把她綁起來的動作。

——真的沒有任何企圖嗎？

利魯匹林從腰帶上拉出一條裝飾用繩子，粗暴——但是稍微放鬆了一些來綁住少女的雙

手。當他握住繩子的一端並用力一拉後，才終於想起皇帝已經不在暗黑界軍的大本營裡了。

但是繼續思考更困難的事情，腦袋的中心似乎就要燒起來了。就算皇帝不在，身為副官的那個行為輕挑的黑騎士，或者商人公會的會長連基爾應該會代為做出處置吧。

利魯匹林隨即轉過身子，稍微放輕力道來一邊拉著繩子一邊往前走，短短幾秒鐘後——

周圍忽然出現一整片黑色靄氣般的物體。還有令人厭惡的氣味刺激著鼻子。視界立刻看不見任何東西，利魯匹林開始小心翼翼地環視著周圍。

「啊……！」

發出簡短驚叫聲的，無疑是那名自稱莉法的女孩。

迅速回頭的利魯匹林看見的是，濃密靄氣深處忽然伸出的一條手臂，抓住莉法綁起來的頭髮粗暴地往上拉的光景。

下一刻，手臂的主人就撕裂靄氣現出身形。

站在該處的那名應該已經死亡的女人——暗黑術師公會總長蒂伊·艾·耶爾，紅色嘴唇正露出冷酷的笑容。

＊＊＊

為什麼會追不上？

整合騎士長貝爾庫利，同時感到焦躁與驚訝。

利用三頭飛龍的追蹤已經持續了兩個小時以上。

飛越人界守備軍野營的森林，以及其南方那一片廣大的圓形窪地，通過奇怪巨像林立的遺跡，即使前所未見地深入黑暗領域南部，與敵人的距離還是簡直沒有縮短的跡象。皇帝貝庫達綁架心愛弟子整合騎士愛麗絲的飛龍，依然是浮在地平線上的一個極小黑點。

皇帝只有一頭飛龍，而且是負載他自己以及愛麗絲等兩個人來飛翔。

相對地貝爾庫利是輪流騎乘星咬、雨緣以及瀧刳這三頭飛龍，盡可能地減少了飛龍們的疲勞。理論上來說，應該快要追上對方了才對。

到底為什麼會追不上？皇帝能夠自由操縱飛龍的天命嗎？

不可能有這種事情。天命的直接操縱，是連最高司祭亞多米尼史特蕾達都無法辦到的最大禁忌不是嗎？

再怎麼樣，也不可能照目前的速度無限地飛下去吧。在到達黑暗領域最南端的世界盡頭的祭壇之前，最少也得讓飛龍休息兩次才行。但是貝爾庫利乘坐的飛龍也同樣得休息。如果速度一樣的話，距離永遠不會縮短。

看來——沒辦法了。

畢竟貝爾庫利無法操縱射程到達地平線彼方的術式。要說能夠打破現狀的可能性的話，那唯一就只有……

騎士長用右手輕輕地撫摸左腰上的愛劍。

冰冷、堅硬又令人安心的手感。但是光靠感覺就能知道，距離劍的天命完全回復還有一段遙遠的距離。在東大門使用的大規模武裝完全支配術的消耗比想像中要大得多。

貝爾庫利接下來要使用的術式，算是神器「時穿劍」的最終奧義，所以將消耗掉龐大的天命。

能使用的次數只有一次。必須以超過穿越針孔以上的精密度讓這一擊命中才行。

貝爾庫利輕輕拍打騎乘的瀧剞脖子來慰勞牠的辛苦，接著輕巧地跳到星咬的背上。

長年與自己共同作戰的搭檔，不用握住轀繩就能了解自己的意思，開始慎重地調整高度。

瞄準的是遙遠地平線上滲出的沙粒般黑點。

雖然很想直接瞄準皇帝本人，但在看不見對方模樣的這個距離下，失手的危險性太高了。

所以他就把所有精神集中在好不容易能看見動作的黑色飛龍單邊羽翼上。

像門神般站在鞍上的貝爾庫利，右手緩緩動了起來。

從長期使用的皮革劍鞘當中流暢地拔出全體由同一素材打造的長劍。

在身體右側豎立起來的鋼鐵劍身帶著些許光芒。沒有任何句式就發動了記憶解放術。如熱蒸氣般搖晃的長劍，隨著飛龍的前進在後方留下無數殘像。

剛毅的嘴角簡短地動了一下，對著沒有罪過的龍呢喃歉意。

下一刻，淡藍色眼睛瞬間瞇起——世界上最古老的騎士貝爾庫利以撕裂絹帛般的吼叫聲喊著：

「時穿劍——裡斬！」

長劍「滋」一聲以沉重但猛烈的速度揮落。藍色殘像沿著斬擊的軌道發出無數光輝然後依序消失。

遠方的空中，皇帝貝庫達騎乘的黑龍，左翼就這樣無聲地被從底部切斷了。

＊＊＊

「聞得到……聞得到啊……竟然有如此甜美的天命香味…………」

抓住人族女孩的頭髮，把她的身體整個吊在空中的蒂伊·艾·耶爾，從嘴唇裡掉出零碎的聲音。

對利魯匹林來說，她應該是可恨到了極點的暗黑術師，但利魯匹林這時卻只能茫然看著她的身影。

塗了香油而發出光亮的淺黑色肌膚、奢華的波浪狀漆黑頭髮現在全都慘不忍睹。全身就像是被銳利刀刃割過一樣傷痕累累，而且不停地滲出血水。每當蒂伊的身體一動，各處的傷口就會裂開並迸出鮮血。但是纏在術師身上的黑色靄氣立刻聚集在傷口上，咻一聲散發出令人厭惡的臭味並且幫忙止血。

靄氣的來源是掛在蒂伊腰間的小皮袋。仔細一看就能發現，袋口不時會有蟲子般奇怪生物露出臉來然後吐出一大堆黑色靄氣。這一定是抑制天命減少的暗黑術。

瞄了一眼因為過於厭惡而皺起鼻子的利魯匹林，蒂伊嘴唇的兩端就再次上揚。

「抓到了很棒的獵物嘛。幹得好啊，豬玀。就讓你看點好東西作為獎賞吧。」

當蒂伊剛用沙啞的聲音這麼說完——

她鉤爪般的右手手指就陷入被吊在空中而露出痛苦表情的女孩衣領裡面。

銀色鎧甲以及下面的嫩草色上衣一瞬間被拉下來掉到了地面。

炫目的白色肌膚外露，讓女孩的臉部更加扭曲。這種模樣讓蒂伊露出殘虐的笑容，並且發出「咻咻」的笑聲。

「怎麼樣啊，還是第一次看見人族女孩的身體吧？對於豬玀來說，應該是巴不得想看到吧。不過，有趣的現在才要開始喲………！」

蒂伊右手的五指忽然像沒有骨頭一樣蠢動著。

不知不覺間，它們不再是手指，而是變成像細長的蟲一樣。前端張開了細細牙齒排成一圈的嘴巴，然後不停噁心地蠕動著。

「看喲……！」

蒂伊大叫的同時，五根手指——不對，五隻長蟲就伸長了幾十倍，將女孩的身體捲了起來。一封住對方的行動，前端就彎曲成鐮刀狀，頭部像要從肌膚各處鑽進去一樣咬住女孩。

「啊啊……！」

大量的鮮血飛濺，名為莉法的女孩瞪大綠色眼睛發出細微的悲鳴。雖然動著手想要把長蟲撕下來，但因為上半身被層層捲住，手腕又被利魯匹林的裝飾繩綁起來，所以根本無法動彈。

從五處傷口噴出的血似乎一瞬間就止住了。但利魯匹林察覺實際上並非如此，而是連結著蒂伊右手的長蟲正在喝女孩的血。

暗黑術師仰起喉嚨，以尖銳的聲音詠唱著術式：

「System call！Transfer human unit durability……right to self！」

「啵」一聲，女孩的傷口出現藍色光輝。光輝就像配合血液的流動般傳遞到長蟲上，最後被吸進蒂伊的手裡。女孩變得更加苦悶，纖細的身體往後仰到像快要折斷了一樣。

「哈啊……太棒了……太棒了！竟然這麼濃稠……甘甜！」

摩擦金屬般尖銳的聲音貫穿利魯匹林的耳朵。

因為這樣的疼痛而回過神來的半獸人族長痛苦地大叫：

「妳……妳做什麼！那個女孩是我的俘虜！我要帶到皇帝身邊去！」

「給我安靜，這隻臭豬！」

蒂伊瞪大布滿血絲的雙眼，然後以極度瘋狂的聲音叫喚著。

「你忘了皇帝把作戰的指揮全權交由我來負責了嗎！我的意志就是皇帝的意志！我的命令就是皇帝的命令！」

「咕」一聲，利魯匹林的喉嚨被堵住了。

「妳說的作戰老早以前就失敗了吧」，這樣的反駁湧到了他的喉頭。但是，皇帝沒有留下任何命令就從戰場上消失了。這樣的話，就沒有足夠的證據能夠顛覆蒂伊所有命令依然照舊的主張。

無法動彈的利魯匹林眼前，持續發出細微悲鳴的人族女孩動作越來越微弱。另一方面，刻劃在蒂伊肌膚上的無數傷痕則是從一端開始痊癒並且逐漸消失。

「咕……咕咕……」

從咬緊的牙關當中發出被壓扁般的呻吟。

曾幾何時，利魯匹林的眼裡，女孩被吸取天命的樣子，就跟公主騎士成為祭品而喪命時的模樣重疊在一起。

女孩眼睛裡的光輝開始變淡。肌膚的顏色早已白得發青，雙臂也是無力地往下垂。但是蒂伊右手的長蟲像仍不知滿足般蠢動著，準備把對方的血吸得一滴不剩。

會死……會死掉啊。

難得抓到的俘虜……

不對，應該說第一次看見自己也不害怕或者鄙視的人類。

就在這個時候——

發生了令人驚愕的現象，讓利魯匹林瞪大了雙眼。

地面……暗黑領域像炭灰般的黑色不毛大地，從被吊起的女孩腳邊發出綠色光芒。

應該只在極有限地域才能看見的柔軟嫩草一起發芽，此外還開起了無數各種顏色的小花。

從小片草地上升起的濃密天命，一邊旋轉一邊被吸進女孩的身體裡面。

蒼白的肌膚立刻恢復血色，瞳孔也再次出現光輝。

空氣中飄盪清涼的芳香，就連血色的陽光都變成安穩的乳白色。

當地面的綠色消散，太陽也恢復原本的顏色時，利魯匹林直覺女孩的天命已經完全恢復了。他的胸口立刻充滿理當不會出現的放心感。

但是，這樣的感覺立刻就被撕裂了。

「竟然會這樣……湧出來了……又湧出來了啊啊啊！」

這時傷痕幾乎完全痊癒的蒂伊，再次用刺耳的尖銳聲音叫喚著。

她移開抓住女孩頭髮的左手，同時手指也轉變成醜惡的長蟲。

鈍重、潮濕的聲音過後，新出現的五隻觸手就刺進女孩的肌膚當中。

「嗚……啊啊啊……！！」

再次發出的悲鳴被蒂伊的哄笑聲掩蓋過去。

「啊哈哈哈哈！啊——哈哈哈哈哈哈！是我的……！這是我的喲——！」

＊＊＊

——必須撐下去。

不論是現實世界還是ＡＬＯ裡都從未體驗過這種令人目眩的劇痛，而莉法就在這樣的煎熬中持續地想著這件事。

潛行之前已經聽過賦予超級帳號03「地神提拉利亞」的能力。那是「無限制自動回復」。自動從周圍的廣泛空間吸取能源，然後回復自己以及其他動態、靜態物體的耐久度。原本就擁有龐大ＨＰ數值的帳號再加上這樣的能力，幾乎不可能因為ＨＰ的減少而死亡，叫作比嘉的技術者這麼表示。

正因為如此，莉法才會甘冒成為俘虜的危險來搶先與闇神貝庫達碰面，希望能夠與他對戰，同時也是因此而決定絕對不對Underworld人拔劍。

現在綁縛莉法，給予她激烈痛苦的女性也和利魯匹林同樣是Underworld人——也就是人工搖光。用劍斬殺的話，她的靈魂就會完全消滅。在不知道她為什麼受傷並且想要回復的情況下，實在沒辦法與她戰鬥。

啊啊，但是……

天命被吸取的壓倒性疼痛感，已經讓上半身衣服幾乎都被剝光的自己連感到羞恥的心思都沒有了。

這真的是與現實的肉體分離的虛擬感覺嗎？

＊＊＊

「……住手。」

利魯匹林無法立刻發覺那是來自於自己口中的發言。

但他隨即確實地張開嘴巴，震動著喉嚨說：

「快住手！」

瞳孔縮得跟針孔一樣細的蒂伊，這時用眼睛狠狠瞪著利魯匹林。半獸人族長忍受從腹部底端湧上來的寒氣繼續表示：

「妳的天命已經完全回復了吧。沒有必要繼續從這個伊武姆身上吸取天命了才對！」

「……你這是什麼意思，是在命令我嗎～……？」

蒂伊加上走音歌曲般的抑揚頓挫後這麼呢喃著。

這段期間十隻觸手也劇烈蠢動，持續綁緊女孩的肌膚貪婪地吸著血。暗黑術師的傷口完全癒合，肌膚取回塗了油般的光澤，黑髮也長得比過去還要茂密。

甚至還有剩餘的天命化成藍色光粒從她全身發散到空中。但是蒂伊依然用邪術綑綁比自己嬌小許多的女孩，也不停止繼續虐待對方。

「我說過了吧，豬玀。這個俘虜已經是我的了。我要吸取多少天命，在豬玀面前侮辱她，或者當場勒死她都和你沒有關係吧？」

蒂伊從喉嚨深處發出「咕咕、咕咕咕」的沉悶笑聲。

「嗯……不過，說得也是喔。人是你找到的，我是不是該稍微有點讓步呢？想要我讓步的話……你現在就在這裡脫光吧。」

「妳……妳在說什麼啊……」

「我呢，打從第一次看見時，就覺得你穿著那種誇張的鎧甲和披風真的很噁心。明明是隻豬，為什麼打扮得跟人一樣呢？在這裡乖乖地脫光，趴在地上發出豬叫聲的話，說不定我就會把這個女孩子還給你喲。」

刺痛。

視界的右半部突然閃著紅光。同時有鐵針從右眼深深插入般的疼痛貫穿頭部。

——明明是隻豬。

——像人一樣。

蒂伊的發言與名叫莉法的少女所說的話重疊在一起。

——你也是人類吧？

——除此之外還需要什麼？

不能讓蒂伊殺了這個女孩。不對，是不想讓她殺掉。只要能辦到這一點……只要能辦到這一點……

利魯匹林的右手抓住皮革披風的環釦。然後啪嘰一聲把它撕裂。

披風掉落到地面後，利魯匹林繼續把手放到鎧甲的皮帶上。

忽然可以聽見細微的聲音。

「……住手。」

瞬間抬起頭來，就和筆直看著自己的莉法眼神相交。

因為疼痛而含著眼淚的翠玉眼珠，緩緩地左右晃了晃。

「我……不要緊。所以，不要做這種……」

聲音無法持續到最後。蒂伊突然伸長了脖子，用牙齒輕咬住女孩的臉頰。

「再說些無聊的話，我就要咬破妳可愛的臉蛋嘍。難得可以看見有趣的表演。喂，你是怎麼了，豬玀。快點脫啊。還是說因為人族的裸體而興奮起來啦？」

「呀哈哈哈哈」的尖厲笑聲持續著。

利魯匹林握住鎧甲皮帶的手不停發著抖。

右眼的疼痛完全沒有止歇的跡象。但是，和在胸中肆虐的憤怒與屈辱比起來，那點痛楚已經不算什麼了。

「我……我……我……」

突然有液體從雙眼溢出並順著臉頰滴落。從臉龐左邊滴落的是透明的水珠，右邊的卻是呈深紅色。

右手從皮帶上離開——朝著左腰上的劍伸去。

「我是人類啊！」

大叫的同時，至今為止最為強烈的痛楚襲擊右眼，眼球啪擦一聲從內部破裂。

利魯匹林減半的視界邊緣確實持續捕捉著蒂伊的身影。這時女術師殘虐的笑聲中斷，嘴巴茫然張開。

利魯匹林冷不防地對著蒂伊毫無防備的雙腳發動全力攻擊。

但是因為一隻眼睛才剛消失，所以距離感產生了紊亂。

劍尖只稍微擦過蒂伊右腳腳踝，接著利魯匹林就失去平衡，從左肩倒到地面。

抬頭一看，露出窮凶惡極模樣的蒂伊．艾．耶爾正扭曲著嘴唇丟出這句話：

「臭豬玀……竟然敢傷害我……！」

蒂伊把女孩的身體丟到後方接著高舉起雙手。十隻觸手「鏘」一聲發出堅硬的聲音，瞬間變成發出烏光的十把刀刃。

「把你切成碎片後混著稻草拿去當山豬的飼料！」

半獸人族長只能等待整個往左右兩邊擴展開來的刀刃落下。

咚。

咚嗯。

兩聲細微的聲音幾乎是同時響起。蒂伊的動作瞬間停止。

術師的雙臂從肩膀以下整個與身體分離，發出鈍重的聲音滾落在地面，而利魯匹林只能茫然眺望著這一切。

蒂伊本人同樣也浮現出驚愕的表情。左右兩邊的肩膀撒出瀑布般的鮮血，高挑的術師緩緩改變身體的方向。

莉法發出白色光輝的模樣映入利魯匹林的眼簾。

以那副幾乎看不到什麼肌肉的纖細身體幾乎無法操縱的長劍已經往前揮落。雙手手腕明明還被裝飾繩綁住，但是這個女孩很明顯瞬時砍斷了蒂伊的雙臂。

蒂伊以沙啞的聲音說：

「人族……為了救一隻豬而砍了人……？」

堅定地看著像要表示難以置信而不停搖著頭的暗黑術師，莉法這麼回答她。

「妳錯了。是為了幫助人而斬殺邪惡。」

她隨即以流暢的動作把長劍舉到上段。

咻咯。

女孩從看起來實在不像能命中的距離揮出斬擊。

竟然——有如此美麗的動作。

從兩手手指到雙腳腳尖都沒有使用任何多餘的力量，但速度卻快得嚇人。這是經過千錘百鍊的極限之技。

利魯匹林因為再次浮現——不過這次是感動的淚水而模糊的視界裡，最強暗黑術師同時也是十侯最強實力者的蒂伊・艾・耶爾，軀體就從腦袋開始無聲地垂直裂成兩半。

4

黑色飛龍擠出最後的力量用單邊羽翼緩慢著陸之後，就輕叫一聲並嚥下最後一口氣，而加百列．米勒只是毫無感動地低頭看著牠。

當他移開視線時，龍的存在已經完全從記憶與思考當中排除。表情沒有變化的他環視了一下周圍。

墜落的地點是排列著無數圓柱狀怪石的區域當中，幾乎是聳立在中央的一根岩石頂端。高度大概是一百碼（約九十公尺），直徑也應該有三十碼（約二十七公尺）左右。

直接跳下去可能有點太魯莽了。這個世界的生成素因並加以操作的魔術也很難說已經熟習。當然更不可能丟下腳邊依然失去意識橫躺在地上的光之巫女愛麗絲。

如果有堅固的繩子、錨釘以及安全環的話，即使在現實世界加百列也很容易就能用繞繩下降的方式克服這種程度的山壁，但現在沒有必要勉強從山壁上下去。因為不知道用什麼手段擊墜加百列的敵人，正伴隨著三隻飛龍從北邊往這裡靠近。處理完敵人，然後再支配新飛龍的AI，接著再南下就可以了。

把視線移往正上方。貼在紅色天空上的虛擬太陽，這時已經升到相當高的地方。

距離克里達再次開始時間加速應該沒剩下多少時間了。問題是投入戰場的美國人封測玩家能不能在被再次加速踢出Underworld前殲滅人界軍，不過封測玩家的人數多達五萬人。應該只剩下不到千人的人界軍，不可能做出什麼像樣的抵抗。

真要說有什麼不確定的要素的話，果然還是那些叫作整合騎士的傢伙吧，怎麼說他們也擊退了占壓倒性多數的暗黑界軍。不過其中一分子愛麗絲已經像這樣落入自己手中，接近中的追蹤者應該也是騎士才對。留在北方戰場上的最多也只有一個或兩個人。

判斷問題大概都已經克服之後，加百列最後再次眺望著躺在地上的整合騎士愛麗絲。

仔細看後就覺得——真的非常美麗。

幾乎讓加百列無法抑制在內心深處蠢動的興奮。

為了預防她醒過來，加百列有些猶豫是不是該完全解除她的武裝並且確實地綑綁住比較好。就合理的判斷來說當然應該這麼做，但在敵人逼近的情況中，以慌亂的手法對待這樣的美少女實在令人感到猶豫。

果然還是等再次時間加速後再仔細地作業。即使只是解開鎧甲的帶釦，也要用優美、嚴肅且具象徵性的動作才行。

「……暫時這樣睡下去吧，愛麗絲……愛麗西亞。」

溫柔地這麼搭話完，加百列就為了迎擊敵人而走向桌子狀的岩山中央。

不論是使用超級帳號04「闇神貝庫達」的加百列．米勒，或者是發現帳號的克里達都不清楚原因，不過最強等級的整合騎士愛麗絲之所以被飛龍一踢就昏過去數個小時都沒醒過來，完全是因為附加在貝庫達身上的特殊能力所造成。

設定在Underworld裡的四種超級帳號，是為了各自能對世界與居民行使神蹟般的直接操作而存在。

實行改變地形的史提西亞。

破壞動態個體的索魯斯。

回復物體耐久度的提拉利亞。

而貝庫達的操作對象則是居民，也就是人工搖光。

具體來說是居民們的記憶——亦即改變搖光中的動態記憶，重新配置在遙遠的地點，讓他建立新的家庭。

就行為來說是以擄走居民的形式，所以和其他三神不同，比較難成為信仰的對象。因此除了有最高優先度的裝備與最大的天命數值之外，還施加了「不會成為術式的對象」這種強力的保護。Underworld人以童話的形式流傳下來的「貝庫達的肉票」，就是源自於過去進行過的居民操作。

而闇神貝庫達的能力在加上加百列．米勒特異的想像力，也就是心念後，就產生了連ＲＡＴＨ技術人員都無法預測的加乘效果。

不用行使術式就能吸取人的意志。

愛麗絲人工搖光的活力暫時被奪走，所以陷入強制的昏睡狀態。

過去之所以能夠完全吸收暗黑將軍夏斯達的必殺心念，也是因為貝庫達與加百列的力量互相融合的緣故。

而現在，夏斯達長年的宿敵，整合騎士長貝爾庫利也正被導向同樣的結局。

＊＊＊

貝爾庫利看見了敵人皇帝的飛龍墜落在無法立刻脫逃的高大岩山上。

他隨即用氣力甩開使用絕技後產生的強烈疲勞感。

「很好……再飛一下子就可以了，星咬、雨緣、瀧刳，拜託你們了！」

貝爾庫利剛這麼叫，三頭龍就更用力拍打翅膀來加快速度。只要敵人靜止不動，十基洛爾的距離對於飛龍來說，只不過一眨眼的時間就能飛抵。

貝爾庫利把戰鬥前僅剩的一點時間用在近似於冥想的思考上。今天早上作過的夢鮮明地在他腦袋裡復甦。

——曾經有過死亡的預感嗎？

在夢中這麼說的最高司祭亞多米尼史特蕾達，對於和她認識了幾百年的貝爾庫利來說，到最後都還是充滿謎團的存在。

從凍結處理中被解放出來，再由愛麗斯那裡得知最高司祭的死亡時，貝爾庫利並不覺得特別驚訝。大概就只有「長時間以來辛苦妳了」這樣的感慨。反而是元老長裘迪魯金的死讓他比較訝異。

所以他也沒有特別向愛麗絲詢問亞多米尼史特蕾達最後的戰役與死亡的模樣。有一部分是因為忙於突然就加諸到自己雙肩上的人界防衛的重任，感覺也有一部分是因為自己不想知道那個銀髮銀眼的半神人，欲望、執著與罪業究竟有多深重。

對於貝爾庫利來說，亞多米尼史特蕾達是一直那麼慵懶、沒耐性又善變的公主。雖然服從於她，但不像裘迪魯金那樣認真地崇拜這個人。

但是——

自己絕不討厭作為她手下這件事。

「沒錯……只有這一點，妳一定要相信我。」

呢喃完後，最古老的騎士就瞬間瞪大雙眼。

可以清楚地看見橫躺在岩山上的愛麗絲身上的黃金鎧甲，以及她前方像條影子般靜靜站在那裡的皇帝貝庫達。

「好……你們在上空待機！如果我被幹掉，就回北邊去和部隊會合！」

低聲對三頭龍做出指示，接著貝爾庫利就從星咬背上輕輕跳了下去。

＊＊＊

像要追蹤留下流星般白光軌跡而飛走的詩乃一樣，七百名人界軍拚命地持續往南前進。

從後方踩出地鳴追上來的紅色軍團逐漸地被拉開距離。但是衛士們的馬也無法一直這樣跑下去。

亞絲娜站在載著桐人、緹潔與羅妮耶的馬車屋頂，像祈禱般持續凝視著南邊。

前進了二十分鐘左右，正如詩乃所說的，地平線上浮現類似巨大神殿的遺跡影子。

沒有包含人類和亞人在內的巨大生物的氣息。只有風化的石頭靜靜沉睡於此。

筆直延伸的道路兩旁，躺著兩棟平坦的神殿。高度大概是二十公尺左右，而一棟的寬度則有三百公尺以上吧。作為防止敵軍包圍的障蔽來說，已經是相當充足的規模。

道路穿越兩棟神殿中間直接往南方延伸。之所以給人參拜道路的印象，是因為道路兩側並排著幾尊奇怪的巨像。

那不是東洋風的佛像，也不是西洋風的神像。真要說的話，是讓人聯想到南美遺跡的低矮四角外型。臉上雕刻了正圓形的眼睛與巨大嘴巴，短短的手在胸前合十。

那是在設計Underworld時，RATH的工程師們所設計的嗎，還是The Seed program自動生成的呢？

又或者是——過去在此地生活的暗黑領域種族，從岩山上雕出來的呢？比如說，作為要獻給死者的巨大墓碑……？

亞絲娜以簡短的吐息來屏除不祥的思考。

這時騎士連利正坐在跑在部隊前頭的飛龍背上，亞絲娜便大聲對他傳達訊息：

「在那條參拜道路的中段迎擊敵人吧！」

立刻有「知道了！」的聲音回傳。

幾分鐘後，部隊沒有減慢速度就衝進神殿包夾下的道路。四角形巨大神像從左右兩側默默地往下看。馬蹄和衛士的靴子踩在從土壤變成石板的地面後發出堅硬聲響。

連利撕裂冰冷的空氣，以雄赳赳的聲音命令：

「好了，前衛部隊分為左右兩邊停下來！讓馬車隊與後衛部隊通過！」

八台馬車走過迅速分開的前衛中間，以修道士為主的後衛也跟在馬車後面，來到參拜道路最深處就停下腳步。從設置在那裡的大門咻一聲吹過的乾燥風搖晃著亞絲娜的頭髮。

寂靜只維持了極短暫的時間。美國人玩家的大部隊踩出的轟隆地鳴傳到參拜道路，左右神像上紛紛落下細微的沙子。

亞絲娜一從馬車上跳下來，就對從車蓬內側露出臉的少女們，以及站在旁邊的女性劍士搭話道：

「這就是最後的戰役了。桐人就拜託妳們了。」

「好的！請交給我們吧，亞絲娜大人！」

「我一定會保護他！」

「——不惜犧牲性命也會完成使命。」

羅妮耶、緹潔與索爾緹莉娜握緊拳頭靠在胸口，亞絲娜一邊以同樣的動作回禮，一邊報以短暫的微笑。

「別擔心，絕對不會讓敵人通過這裡的。」

這句話有一半是對自己所說。亞絲娜輕揮張開的右手，接著轉過身子。

連利正在前衛部隊的前頭俐落地配置衛士。

參拜道路的寬度大約有二十公尺。對於守軍來說有點太寬了，但是以這樣的人數來完全抵擋敵軍並且進行部隊輪值並非完全不可能。

一切就看能不能在退到後方的修道士們行使支援魔法的期間，盡力抑制犧牲者並削減這一萬數千名敵人了。幸好紅色步兵裡完全看不見魔術師的身影。應該是判斷短時間內不可能讓玩家們學會Underworld神聖術的複雜指令系統吧，總之這種狀況對己方相當有利。

到了緊要關頭——

靠我一個人也要幹掉敵人全軍。

亞絲娜大大吸了一口氣，然後把它和決心一起存在身體底部。

只要有史提西亞龐大的天命與最高優先度的裝備，應該就不會被數值上的傷害累積所打倒。問題是能不能承受受傷時那種恐怖的劇痛一直到戰鬥結束。心靈要是輸給疼痛的話身體也會受到沉重的傷害，雖然還能夠活命，但是會露出無法拿劍作戰的狼狽模樣。

亞絲娜閉上眼睛，想著受傷的桐人。想著他承受的疼痛以及背負的悲傷有多大。

再次往前走時，她的心裡已經沒有一絲恐懼。

這場戰爭裡，應該是最後的大規模激鬥就在高高升上天空的太陽底下開始了。

為了追求宣傳網站裡保證會出現的真正血腥與悲鳴，二十人左右的重武裝美國人玩家率先衝進遺跡的參拜道路。

但是迎擊他們的，並非無視分級來提供他們娛樂的可憐NPC。而是內心決定要拯救世界以及敬愛的黃金整合騎士的真正勇士們。握著的劍雖然已經傷痕累累，卻因為堅定的意志力而充滿光輝，它們確實擋下了敵人的武器，並且摧毀對方的鎧甲。

這時有一道人影從高處往下看著單方面被殲滅的紅色鎧甲玩家們。

將金屬鎧甲減低到極限，上下穿著賽車服般緊身黑色皮革服裝。烏亮的皮革所到之處全打著消光銀製鉚釘。

武器只有掛在左腰上那把宛如中式菜刀般的大型刀具。目前看不見他的長相。因為他罩著一件近似雨衣，同樣也是皮革製的斗篷，而且把兜帽拉下來蓋住整張臉。

稍微露出來的嘴唇上浮著扭曲到極限的笑容。

瓦沙克・卡薩魯斯。

再次登入Underworld的他，之後輕鬆地避開詩乃施放的廣範圍雷射攻擊，然後混在美國人當中追趕人界軍誘餌部隊。但是他不參加初期的突擊，靈活地爬上西側神殿的牆壁後，站到神像頭部這個能俯視戰線的位置，決心從這個特等席欣賞這場表演。

「呵呵，那個女的還是一樣抓狂就下手不留情。殺吧殺吧。」

像是無法壓抑愉悅的心情一般，一邊搖晃肩膀一邊這麼呢喃。

眼睛下方的遠處，身穿珍珠色鎧甲，栗色頭髮隨風飄揚的少女劍士——「閃光」亞絲娜正如同瓦沙克遙遠記憶裡的模樣一樣，右手上的細劍刺出令人眼花撩亂的攻擊。

那個時候，瓦沙克也一樣隱藏身形眺望著亞絲娜的戰鬥。然後一邊在內心堅定地發誓「世界終結之前一定要幹掉妳」。

當然是連在她身邊展現更猛烈戰鬥模樣的黑衣劍士也一起幹掉。

＊＊＊

從騎乘的龍背上跳下來時，貝爾庫利腳下還有將近兩百梅爾左右的空間。直接這樣落下的話，就算是他也無法承受劇烈撞上岩山時的衝擊。

但是騎士長就像是空中有透明階梯存在般，一邊劃著螺旋軌道一邊從空中跑下來。

實際上，他每一步都在腳底下生成風素並且將它炸裂，藉由產生的反作用力才減緩降落的速度。他早在好幾十年前就從元老長裘迪魯金身上偷學到把腳也變成素因控制媒介的祕術。

皇帝貝庫達就站在遙遠下方宛如人造高塔的岩山上，最古老的騎士這時一邊盡力往對方的視界之外跳躍，一邊把手放到愛劍的劍柄上。

——第一擊就要決勝負。

這是一百五十年前斬殺上上一任暗黑將軍之後，整合騎士長貝爾庫利再次凝聚必殺的心念。經過如此漫長的一段時間，都沒有出現能喚起他純粹殺意的敵人了。

在中央聖堂裡，名為尤吉歐的年輕人獨自挑戰了貝爾庫利。在那場戰鬥當中，貝爾庫利雖然認真與他對戰，但還是沒有浮現殺氣。不對，真要說的話，就連對長年的宿敵暗黑將軍，他都沒有抱持過憤怒與憎恨等負面的心念。

也就是說，貝爾庫利在漫長的生涯當中，這還是首次在愛劍的劍刃上灌注真正的怒氣。

他確實生氣了。打從心底產生激烈的怒氣。不只是因為愛麗絲被綁架的緣故。

從名為現實世界的外面世界而來的外人，讓原本可能訂定和平條約的暗黑界人上戰場，平白無故地犧牲了數萬條生命。這對持續守護這個世界兩百年以上的貝爾庫利來說，是無論如何都無法饒恕的罪行。

——皇帝貝庫達，我不知道是什麼理由讓你這麼做。

但是，看見那個叫作亞絲娜的女孩，就知道現實世界人並非每一個都是像你這樣的惡鬼。

也就是說，你這傢伙身為人類的本質，早就是無可救藥的惡劣了。

這樣的話，就接受你該有的報應吧。

讓你知道暗黑將軍夏斯達、整合騎士艾爾多利耶，以及在戰場上喪生的許多人，其生命究竟有多重。

就用這一擊……讓你徹底了解！

「喝……啊啊！」

在高度十梅爾處踩完最後一步，騎士長貝爾庫利將灌注了全身意志的斬擊朝著皇帝貝庫達毫無防備的腦門揮落。

燃燒起來的大氣發出白色光芒。劍刃產生出來的光線過於強烈，讓整個世界失去了顏色。

這無疑是過去出現在Underworld的所有劍技當中，內含了最大等級威力的一擊。Main Visualizer內的汎用視覺化記憶檔案覆寫優先權，甚至超越系統控制命令的檔案，也就是足以讓數值能力無效化的，名符其實的必殺一擊。

甚至能夠消除設定在超級帳號04——闇神貝庫達身上，幾乎等於無限大的天命數值。

不過那是在能命中的情況下。

即使注意到致死流星從天而降的瞬間，貝庫達的表情也沒有任何改變。

那是最多只能抬頭往上看的超快速劍技。不論任何反應、應對，應該都不可能避開那個剎那。

貝庫達包裹在黑水晶鎧甲裡的身體輕輕往旁邊滑開。

往唯一可能避開的方向，千鈞一髮下能夠避開的距離移去。

貝爾庫利的劍只能碰到隨風飄揚的紅色披風。外圍的皮毛以及厚厚的布料，全都分解成細微的粉塵——

隨著「滋喀————！」的雷鳴般巨響，堅硬的岩山頂端被刻劃出深邃的傷痕。整座巨大的岩山都產生震動，有幾塊岩塊從側面剝落。

——能躲過這樣的一擊嗎？

即使瞠目結舌，貝爾庫利的身體還是沒有停下任何一秒鐘。他早就已經脫離在戰鬥中遇見突發狀況思考就因此而停滯的階段。

他最後再次踢了一下空氣，一邊繞到皇帝側面一邊著地。立即又發出一記橫掃。即使灌注全身精力的大技揮空，他也花不到半秒鐘就發動下一道攻擊。

但貝庫達就連這記追擊都避開了。

簡直就像被風吹走的煙一般，沒有任何準備動作就輕輕在地面滑行。劍尖只掃過鎧甲表面，爆散出無謂的火花。

但是……

貝爾庫利這次確定自己已經獲勝了。

從上空施放出來的那記用盡全力的初擊，並沒有因為揮空就消失。他已經發動愛劍的武裝完全支配術「時穿劍・空斬」——亦即「斬斷未來」的力量。也就是在中央聖堂的戰鬥裡讓尤吉歐陷入苦戰，只有斬擊的威力留在軌道上，碰到該處的人將被透明劍刃砍倒的絕技。

皇帝貝庫達由背部開始被吸進無法認知的斬擊滯留的空間。

一開始時，他奢華的白金色頭髮「啪」一聲散開。

戴在額頭上的寶冠也隨著些微的金屬聲碎裂。

貝庫達的雙臂像要求饒般高高舉起。

貝爾庫利有強烈的預感，他裹在黑色裝扮下的高大身軀會被直向砍成兩半。

磅。

清脆的爆破聲。

源頭來自於完全沒有往後看的皇帝互相擊打的手掌。

——竟然空手就夾住「空斬」。而且還背對著攻擊。

不可能。暗黑界的拳鬥士之間雖然流傳著用雙手包住劍來擋下攻擊的奧義，但那是他們經過鍛鍊後比鐵還要硬的拳頭才能辦得到的技巧。而且在這之前，「空斬」停留在空間中的威力，應該連拳鬥士的族長都無法空手擋下來才對。

這樣的思考雖然僅花了剎那的時間，但是貝爾庫利的動作終於在這個時候停下來了。

因此他也只能默視著接下來發生的現象。

如海市蜃樓般在空中搖晃的透明斬擊，直接被皇帝的雙手吸進去。

同一時間，皇帝的藍色雙眸開始染上深沉的黑暗。

在那些黑暗底部，閃爍著無數的——那是，星星嗎……？

不對。

那是靈魂。這個男人一路吸取過來的人類靈魂都被囚禁在裡面。暗黑將軍夏斯達，以及身為他副官的女騎士，靈魂應該也在那裡……

「……你這傢伙能吞噬人的心念嗎？」

面對如此呢喃的貝爾庫利，吸收完「空斬」威力後隨意放下雙手的貝庫達這麼回答：

「心念？原來如此……心靈(mind)與念力(will)嗎？」

那是非常寒冷，完全感覺不到一絲活人氣息的聲音。發出這種聲音的單薄嘴唇，形成了類似微笑般的外形。

「你的心就像老年份的葡萄酒一樣。黏稠、濃密……又相當有分量，會在口齒間留下長長的餘味。雖然不符我的興趣……但是作為主菜前的開胃酒也算不錯了。」

蒼白的右手握住腰間長劍的劍柄。

緩緩從劍鞘裡抽出的細長劍身，包裹著一層藍紫色燐光。不覺得自己的劍有什麼了不起的皇帝貝庫達，一邊把它垂下一邊再次露出微笑。

「那麼，再讓我多喝一點吧。」

＊＊＊

厚實的大劍擦過亞絲娜左臂。

立刻有被燒紅的金屬棒貼到身上的感覺。

——才不痛呢！

她堅定地這麼想著。下一刻，刻劃在肌膚上的傷痕迅速消失。

這時她的右手已經像煙一樣閃動，對準眼前士兵的右肩到左側腹轟出四記連續的突刺技。

男人的臉孔扭曲，發出驚人的咒罵聲後倒向地面。

已經數不清剛才幹掉的是第幾個敵人了。

甚至無法確定古代遺跡的戰端開啟到現在究竟過了幾十分鐘。唯一可以確定的是，從參拜道路入口雪崩般湧入的紅色士兵，依然殘留著近似無限的數量。

——這種程度的持久戰根本算不了什麼。因為舊艾恩葛朗特裡，魔王戰持續三四個小時也不是什麼稀奇的事。

面對越過伙伴開始消失的屍骸飛撲過來的新敵人，在內心發出如此豪語的亞絲娜，用細劍把對方手中的斧頭掃開。

對著身體失去平衡的敵人心臟轟出準確的一擊，將視線往左右兩邊瞄了一下。

在參拜道路中央奮戰的亞絲娜右側，整合騎士連利交互投射雙手上的迴旋鏢，造成敵人大量死亡。其威力與準確度令人感到驚恐，看來這邊暫時交給他應該沒問題吧。

但問題是左側的戰場。雖然以索爾緹莉娜為中心配置了隊長等級的衛士，但可以看出戰線已經慢慢被敵人壓制了。

「左翼，加快輪替的間隔！治癒術也請以左邊為主！」

「亞絲娜大人，我還沒有問題！」

在最前線大叫著回答的索爾緹莉娜，發動了兩手劍用範圍劍技「龍捲風」。帶著淺綠色光輝的長劍以超高速轉了一圈，一口氣把三名敵兵轟飛出去，但接下來索爾緹莉娜自身也腳軟而跪了下去。昨天晚上，在回憶爆料大會的空檔期間閒聊時聽說過，貴族出身的劍士們特別擅長一對一的禮儀性決鬥，似乎不習慣這種看不見終點的長期混戰。

事實上，莉娜的劍確實流麗又雄壯，在才剛來到這個世界一天的亞絲娜眼裡也是太過於光明正大了。由於完全不使用假動作或者讓敵人失去平衡的招式，只是一味發動大技，所以技前技後的僵硬時間就會被敵兵亂揮的武器劃中而受到小傷害。她的鎧甲已經滿是傷痕，紫色的衛士服也各處都滲出血來。

「莉娜小姐，退下去治療吧！相信自己的伙伴！」

聽見亞絲娜的指示後，莉娜咬牙點了點頭，留下「我馬上回來！」的聲音就退往後方。立刻有替代的衛士長填補她空下來的戰線。但是他的臉上也浮現濃濃的疲憊之色。

除了左翼的疲態之外，還有另一件事讓亞絲娜相當在意。

現在戰鬥中的紅色鎧甲士兵們，絕對不是單純的演算所操縱的人形怪物。而是MMORPG起源國——美國裡身經百戰的玩家。早就習慣對人戰的他們，差不多該發現光靠單純的突擊沒辦法分出勝負，應該採取戰術性的攻勢才對了。

如果自己站在他們的立場會怎麼做呢？亞絲娜一邊閃動細劍一邊思考著。

按照常規來說，應該是從後方進行遠距離攻擊。但是紅色軍團裡看不見魔術師職業的玩家，就算有也無法在戰場上立刻熟悉Underworld複雜的術式指令吧。

如此一來就只能用弓了，對人界軍來說相當幸運的是，對方似乎無法準備弓兵的帳號。再來就是把手上的武器丟出去了，但玩家心裡應該都對這種行為有很大的抗拒感吧。因為丟出武器的人將再也無法參加戰鬥。

看來可以判斷敵人無法打破這種膠著狀態了。

這樣的話，就只有按照當初的計畫，把這一萬數千名的敵人全部打倒。

就在亞絲娜重新下定決心的這個時候——

參拜道路的入口處忽然變暗。

照射進來的朝陽，被橫排成一列的巨大盾牌以及宛如旗桿般林立的騎槍擋住了。

——重槍兵！

「槍……槍要突擊過來了！請仔細看著槍尖，然後迴避初擊！只要近身就能打倒他們！」

當亞絲娜對左右兩邊的伙伴這麼大叫的同時，就傳出「喀鏘！」的轟然巨響，巨大騎槍一起被架了起來。

「「「Assaaaaaaaalt！」」」

橫列上整整排了二十人的重槍兵，隨著渾厚的吼叫聲開始突進。

類似紅色海嘯的壓力，讓衛士們產生了浮動。亞絲娜心裡一邊念著「大家拜託了，冷靜下來！」，一邊凝視著朝自己衝過來的敵兵。發出凶惡烏光的騎槍帶著一擊必殺的威力逼近。

讓它接近到最後一刻——格擋！

細劍一邊爆出黃色火花一邊朝騎槍側面滑去。尖銳的槍尖從亞絲娜臉龐右側經過並且往後方刺去。

「……喝啊！」

隨著吼叫聲，有如抬頭往上看一般把細劍刺入高大敵人喉頭鎧甲之間的縫隙。瞬間傳來相當寫實的手感。頭盔底下也跟著噴出鮮血。

但傳出來的悲鳴不只來自於敵兵。

左翼的數名衛士無法避開騎槍而被貫穿了身體。

「嗚…………！」

亞絲娜咬緊牙關，離開負責的地點往左邊跑去。敵兵準備從喪命的衛士身上拔出騎槍時，亞絲娜就以單發突刺「線性攻擊」連同他胸口的鎧甲一起貫穿。接著重新擺好染血的劍，用二連擊突刺「平行刺擊」砍下一名敵人的雙手。

接著又以垂直跳躍避開第三名敵兵隨著咒罵刺出的騎槍。落在槍上後立刻往上衝，腳一踩到敵人肩膀，就以左手抬起頭盔，將細劍深深插進對方露出來的脖子裡。

亞絲娜依然站在連悲鳴都發不出來就喪命的敵兵背上，直接開口大叫：

「受傷者退到後方！以最優先的順序治癒他們！」

再次確認周圍後，看見在騎士連利與衛士們的奮戰下好不容易擊退了二十名重槍兵，但己方也有六名衛士受到騎槍的直擊。當中有三個人眼看是救不活了。

——對方重複這種戰法的話，人數占絕對劣勢的人界軍終將無法維持戰線。

再次傳出的地鳴把亞絲娜這樣的戰慄變成了現實。接下來的二十名重槍兵從參拜道路入口往前突進。

亞絲娜把視線硬從湧至的騎槍群移開，看向本來是自己負責的戰線中央。

該處有一名依然稚氣未脫的少年衛士雙膝一邊發抖一邊擺出手裡的劍。

「啊…………！」

亞絲娜發出尖叫並往右邊跑去。

衝進了從左側逼近的騎槍與呆立在現場的少年衛士之間。已經來不及用細劍格擋了。她試著用左手來抓住騎槍閃亮的槍尖。

如果這是通常的ＶＲＭＭＯ遊戲，具壓倒性反應速度與筋力數值的亞絲娜應該可以成功擋下攻擊。但是Underworld裡存在無數ＳＡＯ與ＡＬＯ裡可以無視的參數。

光滑的鋼鐵騎槍在被噴出的血濡濕的左手中一滑——

鈍重的衝擊晃動全身。在無法出聲的情況下，亞絲娜低頭看著深深貫穿自己側腹的巨大金屬。

＊＊＊

以最小限度的動作來發揮最高效率的劍。

騎士長貝爾庫利，從皇帝貝庫達那種與至今為止所見過的流派都不同的劍技上產生這樣的感覺。

首先是他的腳幾乎沒動。躲避己方的攻擊時，只在地面微微滑行。另外，在攻擊時也幾乎沒有準備動作。右手輕握住的劍，會突然流暢地從最短距離飛過來。

也就是說，幾乎無法預測他的動作。皇帝絕算不上快速與強力的五次攻擊，身經百戰的貝爾庫利都完全無法反擊。

但是，光靠這五次就夠了。

從龐大的戰鬥經驗當中，已經掌握貝庫達技巧與呼吸的貝爾庫利，在第六次攻擊時展開了初次的反擊。

「噓！」

貝爾庫利也發出最低限度的叫聲，搶在貝庫達的上段斬之前同樣使出了上段斬。

藍白色火花點綴了劇烈的金屬碰撞聲。

兩把劍在空中交錯。從現在開始就是比拚力量了。沒有受到太大的抵抗，敵人的劍就往下沉去。高大的貝庫達像是承受不住壓力般彎下膝蓋。

——機會來了！

貝爾庫利把凝聚的心念灌注到愛劍裡。熟悉的鋼鐵劍身開始帶著銀色燐光。把貝庫達的黑劍一點一點往下壓的時穿劍，劍尖碰到敵人肩膀並且陷入鎧甲表面——

瞬間，貝庫達的劍發出奇怪的光輝。

藍紫色燐光像是生物一樣蠢動，纏上了時穿劍。同一時間，原本強力放射的白銀光芒就萎縮並且消失。

——這是什麼？

不對……

說起來，我到底想……做什麼……

左肩隨著「嗶滋」的尖銳聲音感覺到凍僵般的寒氣，貝爾庫利瞬時瞪大雙眼。他拉開雙方的距離，深深吸了口氣，把一瞬間快要失去的意識恢復過來。

——剛才那到底是怎麼回事？

我這個貝爾庫利竟然會在戰鬥當中恍神……？

愕然如此自問之後，就覺得事情絕對沒有那麼簡單而搖了搖頭。

簡直就像連自己為什麼會在這裡，自己究竟是誰都忘記了一樣，意識被一片強制的空白所侵蝕。

「你這傢伙……從劍上直接吸取了我的心念嗎？」

貝爾庫利以低沉的呻吟聲這麼問著。

得到的回答卻只有淡淡無聲的微笑。

貝爾庫利咂了一下舌頭，往左肩一瞥。以擦傷來說有點太深了。

「哼……皇帝陛下，你倒是很會給我找樂子嘛。沒辦法揮劍互擊嗎，這場戰鬥還真是麻煩。」

咧嘴回報以笑容的貝爾庫利充滿自信地說完後，貝庫達反而收起笑容並且呢喃：

「……唔。說起來，真的都沒試過呢。」

接下來右手的長劍隨便往前刺出。但那完全是在攻擊範圍之外。劍刃不可能砍傷對方——

藍黑色黏液般的光線從停在空中的劍尖直接往前伸。

……竟然從遠處也能攻擊。

這樣的思考閃過腦袋的瞬間，光線也觸碰到貝爾庫利的胸口。

彷彿蠟燭的火焰熄滅一般，意識瞬間離他而去。

騎士長只能呆立在現場，眺望著輕快地往自己靠近的長劍，偷偷地潛入左臂下方。

劍隨便地往上一彈。

沉重又濕濡的聲音響起，貝爾庫利粗壯的整條手臂就這樣被砍了下來。

＊＊＊

「咕……嗚……嗚嗚！」

亞絲娜好不容易才把從喉嚨溢出來的悲鳴壓成低沉的呻吟。已經不只是疼痛。腹部宛如被高溫噴火器持續燒著一樣，超過容許範圍的感覺爆炸了。

——才不痛呢。

這點傷勢，一點都不痛！

發出烏亮光芒的騎槍深深貫穿左側腹。應該從背後凸出了一公尺以上吧。

越過肩膀稍微確認一下，發現正後方的少年衛士只被槍尖稍微擦過臉頰而已。亞絲娜用盡全身的精神，對著臉色蒼白朝上看著自己的少年擠出微笑。

——和這個孩子性命的重量相比……我這只是虛擬的傷勢！

「嗚嗚……啊！」

左手依然握著貫穿身體的騎槍，這時亞絲娜把所有的力量灌注到上面。

直徑超過五公分的金屬發出「啪鏘！」的聲音在手掌裡碎裂。手接著繞到背後，抓住凸出的槍然後將其拉出。

眼前火花四濺，宛如電擊般的痛楚從腦門貫穿到腳底。但亞絲娜還是沒有停手，全力拉出騎槍後，直接把它丟到地上。

雖然從腹部巨大的傷口以及嘴裡同時迸發大量鮮血，但是腳步完全沒有虛浮的亞絲娜用左手擦拭嘴角，然後抬頭看著茫然站在眼前的敵兵。

手握折斷騎槍的大漢，像感到很疑惑般眨了好幾次頭盔深處的眼睛。

「Oh，gosh。」

同樣一句話又重複了一次，接著就快速用英文說著：

「……搞什麼嘛……這種遊戲一點都不好玩。我要登出了。」

聽見對方這麼說的亞絲娜，右手的細劍就準確地貫穿大漢的心臟。巨大身軀崩落到地面，隨即被消滅特效包圍住。

沒有因為傷痛而流出的眼淚，現在不知道為什麼從雙眼中滲出。

覆蓋這座戰場的痛苦與憎恨，原本根本沒有存在的必要。

美國人玩家與人界守備軍的衛士之間沒有任何互相殘殺的理由。相遇的狀況有所改變的話，這些人應該能夠做朋友才對。就像亞絲娜本人一樣。

虛擬世界……VRMMO不是為了這種事情而誕生。

「救……命……」

日文的悲鳴停止了亞絲娜的思考。把視線移過去後，就看到巨大騎槍正準備朝倒在地面的衛士刺下去。

「嗚……啊啊啊啊！」

把激動的情緒換成吼叫，亞絲娜朝著大地踢去。

右手上的細劍全力往前刺出。從劍間溢出的白光覆蓋住她全身。

雙腳離開地面，變成炫目彗星的亞絲娜在空中飛翔。這是細劍劍技最高等級的突進技「閃光穿刺」。

想要殺害衛士的槍兵被高高地彈上空中。而後面的敵人也面臨了同樣的命運。接著又有一個人被撞飛。

把第四個人的身體釘在神像腳邊，劍技才終於結束。震動肩膀喘息著的亞絲娜回過頭去。

重槍突擊的第二波攻擊，似乎讓人界軍出現五個人以上的死傷者。但是，參拜道路的入口已經準備好第三波展開突擊的二十人了。

從開始消滅的敵人屍骸上拔出細劍後，亞絲娜放聲大叫：

「全員死守自己的崗位！連利先生，請移動到中央！」

注意到亞絲娜側腹持續流出的鮮血，年輕騎士不禁繃起臉來。為了讓他安心，亞絲娜先是對他微笑了一下才又接著說：

「——我要獨自一個人殺進敵陣。沒被幹掉的漏網之魚就拜託你了。」

「亞……亞絲娜大人！」

對著發出喘息般聲音的連利與其他眾衛士舉起緊握的左拳。

亞絲娜隨即一直線往前跑去。

＊＊＊

重心不穩而腳步踉蹌的貝爾庫利，踩到自己滾落到地面的左臂。

腳上傳過來的真實觸感搶在痛覺之前喚回了他的意識。

「嗚……！」

再次全力往後跳來拉開距離。

左肩傷口上落下的血在顯白的岩石上畫出深紅弧形。

——天啊。

光是被劍對準意識就停止了嗎……

握著時穿劍的右手豎起兩根手指，一邊把手指對著左肩的傷口，貝爾庫利一邊轉動腦袋。

這段期間，無詠唱就發動的治癒術已經發出藍色光芒來止住出血。但是這座荒涼的岩山上，沒有足夠的神聖力讓被砍落的左臂重新長出來。

——該如何對抗？

曾經展現過的武裝完全支配術「時穿劍・空斬」恐怕已經不管用了。只會讓停留在空中的心念斬擊完全被吸收而已。

還剩下來的手段，就只有記憶解放術「裡斬」了。但是要發動那招有兩個困難的問題。第一個是敵人不可能默默看著自己悠長的攻擊動作。第二個是，要特定攻擊的地點可以說比登天還難……

貝爾庫利眨眼來甩開從額頭流下來的汗水。

然後忽然間注意到。

——我陷入拚死的狀態了。

曾幾何時，我已經沒有一絲從容不迫的感覺了。

也就是說，現在，這個地方正是我的死地。是生死的關頭。

「……嘿。」

整合騎士長貝爾庫利·辛賽西斯·汪即使正確地體認到自己陷入九死一生的狀況，依然露出了粗豪的笑容。

他把視線從緩緩往這邊靠近的皇帝貝庫達身上，移到橫躺在戰場一隅的黃金騎士愛麗絲·辛賽西斯·薩提身上。

——大小姐啊。

我沒辦法滿足大小姐打從內心冀求的事物吧。也就是所謂的親情。因為我連自己的雙親都記不得了。

但是，只有這一點我相當清楚。

父母親會為了保護自己的孩子而死。

「你這種傢伙……永遠不會了解吧，臭怪物！」

貝爾庫利大叫並朝著地面踢去。

在沒有任何的策略下，最古老的騎士只是把自己的一切灌注在愛劍上然後筆直往前跑。

***

「喀……哈……」

隨著急促呼吸一起吐出的大量血液飛濺在腳邊。

只有插在地面的細劍是自己唯一的支柱，但就算是這樣，亞絲娜依然持續站著。

雖然好不容易把重槍突擊的第三、第四波人馬全部砍倒，但全身受的傷已經超過十處。閃耀珍珠白光芒的上衣與裙子被殘酷地撕裂，也因為自身及敵人的血而染紅。

很難相信受到騎槍直擊而全是孔洞的身體，到了這個時候竟然還能動。實際上，龐大到不合道理的ＨＰ，並不允許亞絲娜因此而力竭。

——只有心靈撐不下去，這副身體才會倒下。

這樣的話，我會永遠站下去。

全身已經可以說沒有感覺了。只有燃燒起來般的熱氣在神經裡奔馳，讓視界產生扭曲。

亞絲娜微暗的視界一捕捉到敵人第五波的突擊，就把細劍從地面拔出來。

已經無法做出敏捷的迴避動作了。只能用身體承受騎槍，然後以劍技來反擊。

原本像羽毛般輕的細劍，這時重得跟鉛條一樣。亞絲娜用雙手擺出細劍，彎下上半身來等待著敵人。

「——GO！」

地面產生震動，二十名重槍兵開始突進了。

咚、咚、咚咚咚咚……

立刻加速的腳步聲裡。

從四面八方混入尖銳的震動音。

亞絲娜像是被吸引過去般抬頭往上看。

從紅色天空中延伸出一條紅線。那是細微的數位符號的羅列。

——敵人的……援軍……？

「…………啊啊…………」

吐出的氣息裡，混雜著極少量放棄的想法。

但是——

線條的顏色並非至今為止所見的紅色。就像黎明前的天空一般，閃爍著深邃的藍色光芒。

亞絲娜已經無法推測這樣的顏色代表什麼意義了。她只能瞪大雙眼，等待結果來臨。

線條在高十公尺左右的空中凝聚，經過一瞬間的閃光後變成人的模樣。

嗡。

空氣忽然發出低吼，人影以幾乎看不見的速度旋轉，像龍捲風般發出猛烈的低吼再次開始下降。

站在正下方的二十名重槍兵，曾幾何時也停下腳步抬頭看著天空。

鮮豔的藍色龍捲風輕輕降到他們中央——

突然間染上了深紅色。

那是鮮血。被龍捲風捲進去的步兵，瞬時遭到分屍，往廣範圍噴灑出鮮血。

呈放射狀被打倒的槍兵中央，龍捲風緩緩停止旋轉，最後恢復成人的模樣。

背對這邊站著的人影，有著略為纖細的高挑身材。光潤的和風鎧甲在逆光之下顯得閃閃發亮。左手放在腰間的劍鞘，右手則拿著一把長得恐怖的劍，不對，應該是刀，而目前刀已經橫向揮盡了。

亞絲娜曾經在除此之外的世界看過剛才的攻擊。

劍技。

大刀廣範圍攻擊「旋車」。

緩緩撐起上半身的人影，把長刀扛在右肩上，輕鬆地把臉轉過來。

鮮豔的頭巾底下有著滿臉鬍渣的臉龐，目前正咧嘴露出笑容。

「喲，讓妳久等了，亞絲娜。」

「克……克萊因……？」

亞絲娜無法聽見自己沙啞的聲音把話說完。

世界突然間充滿了無數震動音造成的尖銳共鳴。明明是和美國人玩家出現時同樣的聲音，但亞絲娜耳朵裡聽起來卻像天使的歡呼聲一般。

像雨一般從紅色天空降下來的，是帶著鮮豔藍色光輝的幾千條符號線條。

＊＊＊

揮動斬擊。

意識變得模糊。

因為受傷的痛楚而覺醒。

已經不知道重複幾次這樣的過程了。

皇帝貝庫達宛如故意要延長戰局般不給自己致命傷，但貝爾庫利知道從無數傷口流出的血液，也就是天命的量已經差不多快到界限了。

但他還是擠出在超過兩百年的時間裡磨練出來的精神力，不考慮也不懼怕任何事情，腦裡只是持續執行著唯一一項工作。

也就是數著數字。

正確來說是測量著時間。

擁有察知時刻這種特技的貝爾庫利，正使用這樣的超感覺，在腦袋裡拚命數著時刻。就連思考因為皇帝的劍而變得混濁當中，貝爾庫利也在無意識的情況下累積著數字。

——四百八十七。

——四百八十八。

貝爾庫利一邊一秒一秒正確數著時間，一邊反覆進行魯直的攻擊。有時甚至還會丟出挑釁的發言。

「……看來……你的劍技倒是不怎麼樣嘛……皇帝陛下。」

——四百九十五。

「砍中這麼多劍還不能打倒我……只能算二流，不對，應該算三流的劍士吧。」

──四百九十八。

「看招，我要繼續攻擊嘍！」

伴隨喊叫聲從正面砍了過去。

──五百。

劍觸碰到在皇帝周圍擴散的藍紫色光芒。

心念遭受吸食，思考忽然中斷。

回過神來時，已經一隻腳跪在地上，左臉頰新增的傷勢滴落鮮血到地面後發出了聲響。

──五百八。

快要到了。再撐一會兒吧。

搖搖晃晃地站起身子，貝爾庫利重新轉身面向背後的皇帝。

至今為止從未表露過任何感情的貝庫達，這時臉上稍微浮現出厭惡的表情。貝爾庫利因為剛才的攻擊而飛濺出來的一滴血，似乎沾到了他雪白的臉頰。

用指尖把染紅處擦掉後，貝庫達便呢喃：

「……有點膩了。」

他踩著貝爾庫利造成的血灘往前踏出一步。

「你的靈魂太沉重也太濃厚了。味道會整個黏在舌頭上。而且還相當單調。一心只想著要殺掉我。」

皇帝一邊以平板的聲音這麼說著，一邊又往前走了一步。

「消失吧。」

無聲舉起的黑劍，上面纏著黏液般的光芒。

貝爾庫利的表情完全沒有改變，只是輕咬住牙根。

——再一下就可以了。再三十秒。

「嘿……別……別這麼說嘛。我還沒……玩夠呢。」

身形不穩的貝爾庫利朝沒有任何人的空間踏出數步。然後無力地舉起右手的劍。

「哪裡……你……你跑到哪去了。哦，那裡嗎……？」

兩眼浮現空虛光芒的騎士長揮舞著劍。

「喀滋」一聲以劍尖敲打完全不對的地方，結果身體因此劇烈地搖晃。

「咦……是這邊嗎……？」

再次揮出沒有一絲風聲的攻擊。即使拖著一隻腳，依然持續地動著。

因為大量失血而喪失視力，連思考都陷入朦朧狀態——看起來就是這種模樣。

但這是騎士長一輩子只有一次的演技。

半閉狀態的灰藍色眼睛，依然確實地捕捉住某樣東西。

也就是足跡。

十分鐘裡隨便的攻擊，讓絕對算不上寬廣的岩山頂上，已經撒滿了貝爾庫利的血液。在經過皇帝的靴子與騎士長的皮革拖鞋踩踏之下，形成兩種明顯不同的足跡。

換言之，這是兩者詳細的移動紀錄。

表演陷入錯亂狀態的貝爾庫利，尋找的是十分鐘前左臂被砍下來時，皇帝已經變乾且泛黑的足跡。

無意識下的時間測量就是從那之後開始。

也就是說皇帝貝庫達在十分鐘前是站在那個地方。足跡就忠實地記錄著接下來他從那裡往哪個方向移動。

——五百八十九。

——五百、九十。

「哎呀……找到了……喲……」

貝爾庫利虛弱地呢喃，一邊左右搖晃，一邊對完全無人的空間揮動時穿劍。

這應該是不折不扣的最後一擊了。

劍與主人所剩下來的天命都已經像是風中殘燭。

貝爾庫利耗費剩餘的所有天命，準備發動神器——時穿劍的記憶解放術。

「時穿劍・裡斬」。

與在空間中保持斬擊威力來斬斷未來的「空斬」完全相反，裡斬是斬斷過去。

Underworld的Main Visualizer裡，所有人類個體的移動履歷都會記錄六百秒，也就是十分鐘的分量。

時穿劍・裡斬將干涉移動履歷，讓系統誤認現在的情況是十分鐘前正確的位置情報。

結果就是，外表看起來只是斬過虛空的劍刃，將會砍在過去曾經存在這個位置的人現在的身體上。這是無法迴避與防禦，可以說是背叛所有技術與努力的一擊。

因此貝爾庫利多年來一直避諱使用裡斬。就連和尤吉歐對戰，輸給藍薔薇之劍的記憶解放術時，只要使用這一招應該就能獲勝，但他還是沒有這麼做。即使知道這樣會被認為是對元老長裘迪魯金與公理教會的背信行為。

但是，如果面對的是同樣能操縱非人力量的皇帝貝庫達，那就不用客氣了。

斬落皇帝貝庫達的飛龍時，貝爾庫利利用敵人以同樣速度一直線飛行的動作，正確地測量出十分鐘前敵人存在的座標。但是，互相接近的混戰，要特定敵人的座標將困難好幾倍。

當然可以記住十分鐘前的一瞬間敵人存在什麼地方。但使用這種方法的話，一旦劍技的發動遭到阻撓，就又得重新數六百秒了。

就跟現在這個瞬間一樣。

「你有什麼企圖吧。」

皇帝貝庫達像滑行般接近，藍黑色心念的波動從他的長劍上朝貝爾庫利延伸。由於不能碰到它，貝爾庫利在沒有辦法的情況下，只好用跟剛才完全不同的敏捷動作避開了去。結果「十分鐘前的一秒」就這麼過去，永遠不會回頭了。

——錯過了嗎？

貝爾庫利重新擺好快要施放記憶解放術的時穿劍並在內心如此呻吟。

這下子真的是萬事休矣。

既然被發覺還有祕策存在，皇帝貝庫達就不會給自己再次發動大技的時間了吧。實際上，現在就不斷有心念的光線從長劍上朝著貝爾庫利伸過來。

但騎士長還是全力迴避這樣的攻擊。

垂死掙扎。

掙扎再掙扎，然後狼狽地倒下。很久以前就決定，大限來臨時就要這樣死去。

三次、四次。

貝爾庫利躲過皇帝的攻擊多達五次。

但接下來藍黑色光芒終於擦過他的身體。

意識突然間中斷——

再次睜開眼睛的貝爾庫利，見到的是貝庫達深深刺進自己腹部的長劍。

劍刃一被拔出去，最後的天命就化為深紅的液體往外噴出。

緩緩往後倒下的騎士長，雙眸當中……

映出一頭從遙遠高空撕裂大氣急速降落的飛龍。

——星咬。

喂喂，不是要你在上面待機嗎？你這傢伙，至今為止從未違背過我的命令吧。

從飛龍大大打開的下顎當中，迸發出一條筆直的藍白色火焰。

這樣的熱線帶有一擊就能燒盡百名士兵的威力，但是卻被皇帝貝庫達隨便舉起的左手擋了下來。

呈現半透明的黑色手背，很輕鬆地把熱線彈開。往四方飛濺的火焰，在大氣裡留下無數的軌跡。

皇帝右手上的劍立刻放出藍黑光芒，擊中星咬的額頭。雖然受到輕易就支配暗黑騎士團飛龍的技能——但貝爾庫利的騎龍還是沒有停下來。

牠把天命變成白色光輝從雙翼上放射而出，朝著皇帝猛然撞去。

貝庫達臉上出現厭煩的表情。

他把劍大大地往後拉，接著刺進星咬準備撕裂自己的嘴巴裡。黑光開始肆虐，一邊吸取飛龍的天命一邊把牠巨大的身軀從各處撕裂。

星咬犧牲性命才創造出短短七秒時間——

但貝爾庫利沒有浪費牠的犧牲。

即使鮮明地感覺到和自己度過漫長歲月的愛龍正在背後喪失生命，騎士長還是在記憶解放狀態下高高舉起拖著藍色殘像的時穿劍。

只靠記憶「十分鐘前敵人的位置」這個方法的話，十分鐘才會有一次攻擊機會。

但是，在地面上刻劃下血痕的移動紀錄，就能夠連續追蹤十分鐘前的敵人。

貝爾庫利對著顯示方才失敗的地點七秒鐘後皇帝貝庫達所在地的血腳印，施放了用盡全力的斬擊。

時穿劍．裡斬還有另一個特性。

也就是，因為是干涉系統本身，所以威力會直接影響對象的天命數值。沒有辦法藉由心念來防禦。

因此，皇帝貝庫達能把所有心念攻擊無效化並加以吸收的能力，只有這個瞬間沒有發動。

首先，系統上設定的貝庫達龐大的天命歸零了。

而這樣的結果就是，皇帝的身體從左肩口到右腰完全被砍成兩段。

在自己的身體從切斷面滑下來的期間，皇帝貝庫達的表情也像是完全沒有變化。淡藍色眼睛只是像玻璃珠一樣空虛地眺望著天空。

在掉落下來的上半身快要接觸到地面之前。

漆黑的光線從心臟附近炸裂，宛如墓碑一般高高往天空延伸。

在光線止歇的時候，地面上已經沒有留下任何皇帝存在過的痕跡。

遲了幾秒鐘，貝爾庫利右手裡用盡天命的時穿劍也隨著細微的金屬聲碎裂了。

＊＊＊

……好溫暖。

真想在這樣的環境下再待一會兒。

整合騎士愛麗絲讓意識飄盪在快從朦朧狀態醒過來前的浮遊感當中，臉上同時露出淡淡微笑。

日照晃動著。

寬闊的大腿承受著身體。

粗獷的手溫柔地摸著自己的頭髮。

……………爸爸。

不知道有多久沒有像這樣讓自己靠在膝蓋上了。這種安心感……有很長一段時間都忘記這種完全被保護，沒有任何事情需要擔心的感覺了。

啊啊……但是，差不多該起來了。

於是整合騎士愛麗絲靜靜地抬起睫毛。

看見的是閉著眼睛，面露微笑俯瞰著自己的壯年劍士臉龐。

從粗壯脖子延伸到胸口的幾道舊傷痕。上面刻劃著無數的全新劍傷。

「…………叔叔？」

意識好不容易恢復清晰的愛麗絲簡短地呢喃著。

——對了，我被皇帝貝庫達的飛龍抓走了。真是的，怎麼會那麼粗心呢。竟然沒有警戒背後就隨便往前跑。

但不愧是叔叔。竟然從敵人總大將手裡把我救出來。只要有這個人在，就什麼事情都能安心了。

再次露出微笑並撐起上半身的愛麗絲，注意到騎士長不只有臉部和胸口受傷後，不由得屏住呼吸。

左臂從肩口被砍掉了。東域風的戰鬥服被血染成鮮紅。而且裸露的胸部下方，有一道深到令人慘不忍睹的傷口。

「叔……叔叔……！貝爾庫利閣下！」

愛麗絲大叫並伸出手。

她的指尖碰到騎士長貝爾庫利的臉頰。

接著愛麗絲才了解，偉大的最古老騎士，天命早已經用盡了。

＊＊＊

……喂喂，別哭成那樣啊，大小姐。

這一刻總有一天會來的，不是嗎？

整合騎士長貝爾庫利．辛賽西斯．汪往下看著抱住自己屍骸痛哭的金髮少女並且準備這麼說，但是聲音卻完全傳不到地上。

……大小姐的話一定不要緊。妳已經可以獨立了。

因為妳是我唯一的弟子……也是我的女兒啊。

眼睛下方的光景距離自己越來越遠。對心愛的黃金少女騎士報以最後的微笑，貝爾庫利就把視線看向遙遠北方的天空。

然後把思念移到應該在下方的另一名女性騎士身上。

雖然不知道能不能傳遞到，但心中只有在歷經幾乎是無限的日子之後，終於來臨的死期所感覺到的深切感慨。

……嗯，也算是不錯的死法了。

「沒錯，有這麼多人為你哭泣，應該要覺得很幸福了。」

因為這忽然響起的聲音而回頭，就發現飄浮在那裡的是，一名只有長長銀色頭髮覆蓋在柔軟裸體上的少女。

「……什麼嘛，妳果然還活著嗎？」

貝爾庫利一聳肩，眨著銀色眼睛的最高司祭亞多米尼史特蕾達就輕聲笑了起來。

「怎麼可能。這是你記憶當中的我。是保持在你靈魂裡的，亞多米尼史特蕾達的記憶。」

「哦，雖然不是很了解。但是……在我記憶當中的妳，能夠像這樣子笑真是太好了。」

貝爾庫利咧嘴笑了起來，然後看向旁邊。

曾幾何時已經出現在那裡的星咬，開始用長長的脖子摩擦他。

搔了搔飛龍銀色透明的脖子後，騎士長就輕輕跳到牠的背上。接著伸出手，讓最高司祭坐在自己前面。

漫長生涯當中唯一服侍的主人，沒有回頭就直接歪著脖子問道：

「你不恨我嗎？這個把你關在無限的時間監獄裡，還數次奪走你記憶的我？」

貝爾庫利稍微思考了一下，然後這麼回答：

「雖然確實長到令人厭煩，不過也算很有趣的一生了。嗯，我是這麼認為喔。」

「……這樣啊。」

把視線從簡短如此回答的亞多米尼史特蕾達身上移開，貝爾庫利握起星咬的韁繩。

飛龍展開透明的雙翼，朝著無限寬廣的天空緩緩拍動翅膀。

＊＊＊

遙遠的北方天空底下——

過去叫作東大門而廣為人知，現在已變成瓦礫堆積在乾枯大地上的巨大遺構東西兩側，一萬名黑暗領域軍後備兵力，以及四千名人界守備軍本隊正在各自的陣營當中互相對峙。

黑暗領域軍裡已經看不見皇帝貝庫達的身影，因此他們不可能自行判斷來發動攻擊，但不知道實情的人界軍也無法動彈，雙方陷入了漫長的膠著狀態。

只有乾燥的風不停作響的大門舊跡上，可以看見一名女騎士站在那裡。她是負責指揮守備軍本隊的整合騎士法那提歐．辛賽西斯．滋。為了接下來的戰鬥，已經讓衛士和修道士們去休息，但待在帳篷裡的自己實在是睡不著，所以獨自走到東大門的舊址來。

夜晚的黑暗早已遠離，索魯斯的光線在黑暗領域的天空是紅色，而在人界這一邊則是讓天空染上了藍色。

很快地，距離騎士長貝爾庫利率領的守備軍誘餌部隊，離開大門後往黑暗領域南部前進已經過了半天以上。雖然知道他們的任務不是那麼簡單就能結束，但只能在此等待的自己還是感到很著急。

當法那提歐準備向三女神祈禱至少要讓部隊平安回來而合起雙手，接著準備閉上眼睛的時候——

忽然就又睜開眼睛。

感覺耳邊響起心愛男人的聲音了。

——抱歉，法那提歐。看來已經見不到妳了。

——之後就拜託妳了。要讓那個孩子過幸福的生活啊……

法那提歐在這個地方和騎士長貝爾庫利分離之前，他也曾經說過同樣的話。

裝備著銀色護手的雙手靜靜地撫摸下腹部。

是在三個月前發現自己懷了新的生命。一百多年來都頑固地拒絕與法那提歐發生關係的貝爾庫利，或許是在解除這個禁忌時就已經有這種預感了吧。

預感自己將會死亡。

了解騎士長貝爾庫利在遙遠的天空底下結束漫長生命的法那提歐，緩緩跪到地面，然後用雙手覆蓋臉部。

無法忍住的嗚咽從喉嚨流出。

從很久以前就聽過貝爾庫利拒絕法那提歐以及其他任何女性的理由。

在人界裡，只有受到公理教會司祭正式承認婚姻的男女，結合之後才能獲得子嗣。但是整合騎士因為具有司祭的資格，所以不需要舉行大費周章的婚禮。只要宣示彼此相愛並且結合，就有可能懷孕。

但是這個孩子會比接受天命凍結處理的雙親還快衰老與死亡。但因為這樣就要最高司祭對孩子施予同樣的處理也是相當殘酷的事情。

貝爾庫利是在最高司祭駕崩之後才接受法那提歐的心意。也就是說，他決定在有限的生命當中，守護自己孩子的成長。

這樣的話——

「……請放心吧，貝爾庫利閣下。我會好好地養育這個孩子。讓他成為跟閣下一樣雄壯而且高尚的人。」

忍住嗚咽後，法那提歐把自己的決心說出來。

——但是只有現在。

現在先允許我大哭一場吧。

整個人趴到地上，握緊騎士長貝爾庫利奔馳過的土壤，法那提歐開始放聲大哭。

5

「雖然我跟你們沒有私人的恩怨……」

把長刀筆直對著紅色軍隊的克萊因，嘴裡所說的話響徹古代遺跡。

「但好友被你們痛扁的這筆帳一定要跟你們算。我看要三倍奉還……不對，是千倍奉還啦，你們這群臭傢伙！」

丟出這一串話後，就筆直往敵軍衝去。那種魯莽的程度，讓身受重傷的亞絲娜也一瞬間因為傻眼而忘記疼痛，但之後就立刻有新的符號線條降落在克萊因身邊並且變成人形。

出現的是提著大型戰斧，有著巧克力色肌膚的巨漢。

「……艾基爾先生！」

亞絲娜以沙啞的聲音呼喚對方的名字。

過去不論是在戰力面或者補給面都一直給予ＳＡＯ攻略組強力支援的「戰鬥商人」，看見亞絲娜後，相貌堂堂的他就咧嘴露出笑容並豎起右手大拇指。

接著立刻轉身，追著克萊因猛然往前衝。

第三與第四個人則是出現在亞絲娜眼前。

先是以紅豆色為基調的服裝上穿戴著胸甲，腰間掛著銀色鎚矛的短髮女孩。接著是身穿鮮藍色束腰外衣與裙子，頭髮綁成雙馬尾的嬌小女孩子。

「——莉茲！西莉卡！」

這時候亞絲娜的雙眼終於溢出淚水。

全身脫力的亞絲娜好不容易才能站穩身子，然後對著由強力羈絆所聯結的伙伴們伸出雙手。

「妳們……妳們來幫我了嗎……」

「我們當然要來嘍！」

「那還用說嗎！」

兩人同時綻放出燦爛笑容，接著莉茲貝特用力握住亞絲娜的右手，西莉卡則是用力握住左手。兩人這時變成又哭又笑的表情。

「——怎麼這麼亂來……還讓自己渾身是傷……妳拚過頭了啦，亞絲娜。」

「再來就交給我們吧。因為大家都來了。」

光是被莉茲貝特與西莉卡從兩側抱住，亞絲娜就感覺全身的傷痛被溫暖地融化並且逐漸消失了。

「謝謝……謝謝……」

在不停溢出的眼淚後方，可以看見符號線條形成的驟雨降落在遺跡的入口附近。

出現的是身穿鮮豔色彩服裝的幾百名劍士。

「那些紅色的傢伙是敵人！」

「前衛，突擊！把戰線推回去！」

「後衛暫時退後確認咒文！」

一著地就用Underworld語……不對，是用日文交互大叫，然後把劍、斧與槍對準前方的紅色士兵們砍去。

其漂亮的個人技巧，以及有紀律的集團行動，再再都顯示出他們是全是熟練的VRMMO玩家。

——原來如此。

亞絲娜以終於再次開始運轉的腦袋理解了目前的狀況。

從美國人玩家出現在戰場的時間點起，Underworld的時間加速就因為襲擊者方的操作而固定成等倍了。這也就表示，從日本也能使用AmuSphere潛行到這裡。

但是從援軍裝備的劍與鎧甲所發出的強烈光輝來看，就能知道他們使用的不是預設的衛士帳號。

也就是說——他們使用了轉移。

一定是把耗費漫長時間與莫大努力培養出來的角色，移居到Underworld來了。

明明還不確定能不能再次回到原本的VRMMO世界啊。甚至——只要考慮到Underworld的構造，就能知道角色也有可能在死亡的瞬間便遭到刪除啊！

「各位……對不起……對不起。」

亞絲娜以哭聲對眼前的兩名好友，以及把前線給推回去的眾多劍士們道歉。

「妳在說什麼啊，亞絲娜。」

莉茲貝特的回答裡，充滿了不可動搖的堅定意志。

「我們之所以在SAO和ALO裡一路努力過來，一定就是為了現在在這個地方守護重要的事物啊。」

「嗯……說得也是……謝謝……」

亞絲娜一邊以呢喃聲傳達謝意，一邊深深點了點頭。

但是還有另外一件無法理解的事情。到底是誰告訴現實世界的莉茲他們Underworld的危機，請求他們藉由轉移來提供援助的呢？躲在Ocean Turtle副控室裡的菊岡和比嘉，實在不像有多餘的心思能想到這樣的作戰並加以實行。

「……莉茲、西莉卡。是誰幫忙把大家帶到這裡來的……？」

亞絲娜一這麼問，兩人先是互相瞄了一眼，才同時笑著說：

「亞絲娜啊，這種事情還用說嗎！」

「是結衣啊！結衣她拚命跟我們解釋Underworld，以及生活在這裡的人們的事情！」

聽到這些話的瞬間，胸口深處就猛烈地揪緊，雙眼也不停流下淚水。

結衣。在舊ＳＡＯ誕生的Top-down型ＡＩ，同時也是亞絲娜和桐人的女兒。沒錯……除了她還會有誰。察覺亞絲娜和菊岡都沒有料想到的襲擊者們的計畫，並採取了對抗的行動。

「…………謝謝妳，結衣。」

以灌注了全部心意的聲音這麼呢喃，當她站起來的時候，被砍斷的左手已經完全再生，全身的傷痕也幾乎都消失了。

這時候，有畏畏縮縮的聲音從背後向她搭話。

「那個……亞絲娜大人？這兩位到底是……還有那些騎士們……」

以啞然的表情站在那裡的是整合騎士連利。他身後那些從險境當中被拯救出來的衛士們也同樣瞪大了眼睛。

亞絲娜的視線在連利與莉茲貝特她們之間往返，然後隨著微笑這麼回答：

「是我重要的伙伴們。從現實世界來幫助我們了。」

連利眨了數次眼睛，然後一直凝視著莉茲貝特與西莉卡——

稚氣未脫的臉上，浮現明顯放下心來的表情。

「……是這樣啊……真是太好了……我還以為外面的人類，除了亞絲娜大人之外都是那種恐怖的士兵呢……」

莉茲貝特隨著有點遺憾，但是帶著親切的笑容拍打連利的肩膀。

「喂喂，怎麼可能有這種事嘛！」

「我叫莉茲貝特，請多指教嘍，騎士小弟。」

「啊……好……好的。初次見面，我叫作連利。」

一邊微笑一邊看著這種景象的亞絲娜，忽然間有了一種相當確實的預感。

自己一輩子都不會忘記這種光景吧。

出生在兩個不同世界的人們相遇、交談並且開始建立關係的這個瞬間。絕對不能讓從現在開始才要揭開漫長序幕的這個故事，因為悲傷而直接落幕。

亞絲娜大大吸了口氣，然後改變語氣對著莉茲貝特問道：

「莉茲，轉移過來的總共有多少人？」

「啊……嗯。大概有兩千多一點吧。雖然很努力了……但不是所有聽過說明的人都願意轉移……」

亞絲娜輕輕拍了拍咬緊牙根的好友背後。

「已經很足夠了。但是……為了對應再次轉移的可能性，還是應該避免消耗戰。不要把前線戰場拉得太大，盡量增加補師的人數吧。莉茲和西莉卡退到兩百人左右的後方建立支援部隊。」

把意識切換到戰鬥模式，亞絲娜迅速對連利與衛士們做出指示。

「各位雖然不願意，但是現在請與修道士隊會合，然後行使治癒術吧。因為現實世界的劍士們不熟悉神聖術，如果能教會他們術式的話會有很大的幫助。」

「好……好的，亞絲娜大人！衛士隊，正如你們所聽見的！我們要支援援軍的眾騎士！」

連利一這麼大叫，因為連續戰鬥而疲憊不堪的衛士們也以強而有力的聲音回答。

「……那麼，亞絲娜小姐有什麼打算呢？」

面對如此詢問的西莉卡，亞絲娜眨了眨一隻眼睛並且回答：

「當然是在最前線殺敵嘍。」

已經完全不覺得己方會戰敗了。

跑到最前線後，在該處看見ALO裡熟悉的臉孔——風精靈領主朔夜、貓妖族領主亞麗莎、火精靈將軍尤金等人，亞絲娜就堅定自己的決心並且和他們互相用力點了點頭。

不對，不只有從ALO裡轉移過來的伙伴。

以極為準確的十字弓連射來提供劍士們強力援護的，應該和詩乃一樣是Gun Gale Online的玩家們吧。

而緊密聚在一起，像暴風般橫掃敵人的是玩遍各種ＶＲＭＭＯ的最強公會「沉睡騎士」的眾人。

魔術師朱涅找到亞絲娜後就咧嘴對她送出笑容，而亞絲娜則是一邊揚起右手來回應，一邊忍住再次快要滲出的淚水。

他們都知道可能會喪失宛如分身的虛擬角色，還是毅然來到這裡幫忙。這樣的話，唯一一名被超級帳號保護的自己，就必須得冒最大的危險，把他們的犧牲壓抑到最小的程度才行。

亞絲娜一邊飛奔過戰場一邊不斷對援軍做出指示，過於寬廣的前線逐漸縮小，以遺跡參拜道路的入口為中心，重新建構起半圓形的戰線。

就算兩千名轉移組的裝備與能力再怎麼強力，美國人玩家們依然殘留著超過一萬人的數量。陷入消耗戰的話，應該就會出現許多死亡者，也就是可能喪失檔案的玩家吧。

此外，還有另一件絕對無法忽視的擔憂。

也就是只要在Underworld戰鬥就無法避免的，真實的疼痛感。

和大部分感受到疼痛時就已經死亡、登出的美國人玩家不同，重複著負傷、退後、回復過程的日本人，必須經常置身於痛苦當中。亞絲娜才剛切身感受過，這樣的過程會如何地侵蝕心

「地底世界大戰」戰況

「最終負荷實驗」第二天

插畫／來栖達也

靈。

——各位，拜託了，在一萬名敵人被打倒前要好好加油啊。

這樣的話，這次襲擊Ocean Turtle的那些人能夠投入Underworld的戰力真的會用罄。再來就只要等詩乃追上應該已經被騎士長貝爾庫利拖住腳步的皇帝貝庫達，然後把愛麗絲搶回來就可以了。

亞絲娜在最前線閃動著細劍，持續用盡全力大叫著：

「沒問題……能獲勝的！有大家的力量，我們絕對能獲勝！」

＊＊＊

身為日本人ＶＲＭＭＯ玩家的廣野孝，到這個時候才產生「我到底為什麼要來這種地方」的感覺。

凌晨五點被朋友的電話吵起來後，之所以會在登入的ＡＬＯ裡回應過於唐突的轉移要求，絕對不是因為拚命演說的女孩子很可愛，也不是因為對她的主張有共感的緣故。

老實說，最大的理由是「不知不覺就來了」。

另外再加上一點「以國家預算製作出來的ＶＲＭＭＯ會是什麼樣的世界」的好奇心。升上高中後首次的段考，成績糟得一蹋糊塗，反正不久之後AmuSphere就會被沒收，所以也有一點自暴自棄的心情。再來就是——稍微有點預感，或許在那個世界裡，自己真的能發現至今為止玩過的遊戲裡都未曾有過的「某種東西」。

轉移自己花了兩年的時間培育出來的角色，登入聽都沒聽過的伺服器後，等待著孝的是阻擋在眼前的紅色鎧甲大漢、發音標準的英文粗話，以及無情揮落下來的斧槍。

雖然在悲鳴卡在喉嚨裡狀態下往後飛退，但斧槍的前端還是命中左腳的防具，稍微把裝甲擊碎並且刺入小腿。大概是小學生時，騎腳踏車跌倒結果骨折才感受過這樣的疼痛。

孝一邊在內心大叫著「沒聽說會這麼痛啊——！」，一邊死命鑽過斧槍的追擊，然後好不容易用超稀有裝備的單手劍把壯漢擊退，當他正因為腳上流出大量真實的血液而快要吐出來時，就被拖到支援部隊駐紮的後方去了。

——已經夠了，我要登出！

孝忍不住這麼嚷著，而負責治療他的，是一名穿著淡藍色僧侶服，亦即應該是司祭的同年紀少女。

一看見這個女孩子，不知道為什麼就有種不可思議的感覺。

「馬上替您治療，請稍微忍耐一下喔，騎士大人。」

細聲這麼說完，女孩就對左腳上的重傷——以孝的標準來看——揚起嬌小的雙手並且詠唱咒文，這時孝一瞬間以為她是ＮＰＣ。

但灰中帶茶色的眼睛裡浮現出的認真度、像東洋人也像西洋人的動人容貌，以及治癒傷口的溫暖白光。這些全都告訴孝這個女孩子不是ＮＰＣ，也不是正在角色扮演的日本人，而是真正生活在這個世界裡的人類。

真的有這種事嗎？會說日文但不是日本人，而且也不是ＮＰＣ。這樣的話，這個女孩子到底是什麼人呢？

左腳被斧槍直擊而產生劇痛時還沒有這種感覺，是女孩子用魔法逐漸治癒出現的傷口時，孝才終於有了自己正處於某件重大事件當中的強烈意識。

「好，這樣就不要緊了，騎士大人。」

當穿著僧侶服的女孩子露出些許自傲的表情把雙手移開時，長達五公分左右的傷口已經完全癒合，只留下一點點淡茶色的痕跡。而且也感覺不到痛楚了。

「謝……謝謝妳……」

孝雖然吞吞吐吐地，不過還是向對方表達了謝意。即使急著想說些比較符合「騎士大人」身分的台詞，但只是臉部發熱而舌頭卻動也不動，回過神來才發現，他竟然做出自己也意想不到的行動。他伸出雙臂，靜靜地把少女纖細的身體抱過來。

如果這個世界是一般的ＶＲＭＭＯ世界，孝的行為將會被認為是「對於ＮＰＣ的不適切行為」，並且遭到系統的警告。

但是穿著僧侶服的少女在孝的臂彎裡只是身體一震，然後像感到驚訝般輕輕吸了口氣而已。幾秒鐘後，孝就感覺到少女的手臂畏畏縮縮地繞到自己背後，雖然輕微但是確實有壓力加諸在上面。

「沒問題的，異國的騎士大人。」

耳邊傳來了平穩的呢喃聲。

「連只是見習修女的我，都能像這樣盡自己的棉薄之力了。騎士大人在戰場上的成果比我出色、勇敢好幾倍。請您一定要記得……自己是為了守護眾多的人民與這個世界而拿著劍戰鬥。」

接著少女就用右手溫柔地撫摸孝的背部。

對孝來說，不論是在現實世界或者虛擬世界，這都是第一次和女孩子互相擁抱的經驗。但是他有預感，就算將來在現實世界有機會交到女朋友，可能也無法獲得超過這個瞬間的感動了吧。

如夢境般的一瞬間過去，雙方移開身體之後，孝便下定決心這麼問道：

「那個……可……可以告訴我妳的名字嗎？」

結果僧侶見習生的白色臉頰微微染上紅暈，並點了點頭。

「好的……我叫作芙蕾妮卡。芙蕾妮卡・歐絲基。」

「芙蕾妮卡……」

呢喃完這聽來不可思議，但對眼前少女來說再熟悉也不過的名字後，孝很難得地用清晰的聲音自報姓名。他說的不是威利歐斯這個角色名稱，而是他不甚喜歡的本名。

「我的名字是孝……廣野孝……那個……這場戰爭結束之後，還能見到妳嗎？」

芙蕾妮卡微微揚起眉毛，然後溫柔地瞇起下方的眼睛點了點頭。

「那是當然了，騎士孝大人。等戰爭結束，和平到訪的時候，我們一定能再見。我會向三神祈求您的武運昌隆。」

用嬌小的雙手輕輕包裹住孝的左手之後，芙蕾妮卡就迅速站起身子。

一邊目送芙蕾妮卡翻轉藍色僧侶服下襬，為了治療其他傷者而跑走的背影離開，孝一邊產生強烈的意識。為了能挺起胸膛——以騎士的身分再次站在她面前，到最後一刻都要奮勇作戰才行。這個世界已經不是遊戲了。它擁有和孝出生長大的現實世界同樣的質量，是另外一個現實。

即使在戰鬥中用盡ＨＰ，不對，是用盡生命而被從這個世界丟出去的時刻來臨，在那最後一瞬間都要面向前方，持續握著手裡的劍。不論受到多嚴重的傷、承受多激烈的痛楚都一樣。無法辦到的話，一定再也無法跟芙蕾妮卡見面了。

孝站起身子，叫了一聲「要上了！」，然後不是為了遊戲任務而是為了盡自己的使命而再次朝最前線奔去。

第二十一章　覺醒　西曆二〇二六年七月七日／人界曆三八〇年十一月七日

1

「趕得……上嗎……」

比嘉健甩著過度使用而緊繃的雙臂這麼呢喃。

短短不到一個小時的時間裡，就成功把從日本的The Seed網路突然送到Ocean Turtle來的約兩千個帳號轉移到Underworld裡。鍵盤的感觸似乎還緊貼在雙手的指尖上。

「一定能趕上的。」

神代凜子博士一邊遞出運動飲料一邊以堅定的聲音回答。

接過寶特瓶，以失去握力的右手辛苦地把瓶蓋扭開後就大口喝了起來。即使流進嘴裡的液體有些溫熱，還是確實地傳遞到身體的每一個角落。

喝完半瓶後呼一聲吐出一口氣，比嘉才無力地搖了搖頭。

「真是的……我竟然這麼粗心……」

從突然出現在ＲＡＴＨ六本木分部的兩名自稱莉法與詩乃的女高中生那裡，得知襲擊者們準備讓現實世界的美國人ＶＲＭＭＯ玩家潛行到Underworld時，腦袋整整有五秒鐘的時間停止思考。

但是聽見察覺這一點的是結城明日奈手機所聯結的既有型ＡＩ，比嘉也只能全面承認自己真的是毫無判斷能力。

讓自稱是菊岡二佐朋友的兩名高中生，從六本木的ＳＴＬ使用剩餘的超級帳號潛行到Underworld，之後又進行龐大的轉移作業，好不容易才把兩千名援軍降落到結城明日奈目前所在的座標。

如果不能排除總數超過五萬的美國人玩家，「愛麗絲」幾乎可以確定會被敵人奪走。實際上，了解現況的菊岡二佐與中西一尉，確實檢討過以人力爬上Ocean Turtle外壁，然後直接破壞衛星天線的可能性。

但是想要前往外壁，就必須把上下隔開主軸的耐壓隔板解鎖長達數十分鐘。要是被襲擊者察覺這一點，很可能會招致連這間副控室都被對方壓制的最糟結果。

因此菊岡與比嘉只能把一切託付給使用「創世三女神」帳號潛入Underworld的三名女高中生，以及甘冒喪失帳號危險而志願參加援軍的日本ＶＲＭＭＯ玩家。

從接受他們連線的時間點起，Alicization計畫的機密情報就已經有一半以上公諸於世了。

但是跟愛麗絲被襲擊者們，以及應該在那些傢伙背後操縱一切的美國軍事工業複合體奪走，導致終將來臨的無人兵器時代又被他們完全支配比起來……

這種事情已經算不了什麼大問題了。

「沒錯……」

比嘉一邊讓身體重重沉進椅子裡，一邊以沒人能聽見的音量自言自語。

「愛麗絲已經不是一般用來控制ＵＡＶ的ＡＩ了。她是誕生在真正異世界裡的新人類……你早就了解這一點了。對吧……桐谷小弟。」

他把視線從表示Underworld南部狀況的主視窗，移到角落顯示桐谷和人搖光的螢幕上面。

微微搖動的放射光，中央的部分依然抱持著一片空蕩蕩的虛無。那是受傷後失去的主體……自我形象。

無法承受一直開著這個視窗，於是比嘉操縱滑鼠把視窗最小化。

在他擊點左鍵之前，手指突然停了下來。

「嗯……？」

接著抬起圓眼鏡，凝眼看著表示在視窗下方那個顯示搖光活性的變動紀錄。

短短四十五分鐘前，至今為止沒有任何變化的曲線圖，刻劃著唯一一個銳角。他急忙重新握好滑鼠，把紀錄往左邊拖動。結果回朔到十個小時前左右，還存在一個更大的銳角。

「凜……凜子學姊，過來一下。妳可以看看這個嗎？」

「別用那種稱呼方式叫我。」

神代博士隨著厭惡的聲音把臉轉向主螢幕。

「這是顯示桐谷小弟搖光的螢幕吧？這個變動是什麼？」

「應該是……顯示他喪失的意識一瞬間有了活性，但是不應該發生這種不應該有的事才對。」

「你的日文太奇怪了吧——會不會從外部受到什麼強烈的刺激？」

「但是，處理這種刺激的迴路已經處於完全停止的狀態了啊……嗯，這個時間是……」

比嘉擊點銳角部分，讓時間顯示出來。但就算確認這個時間，也不知道此時Underworld內部發生了什麼事。

但就在這個時候——

「等一下。」

神代博士發出帶著緊張感的聲音。

「這個時間。這個……兩者都是那些女孩們用STL潛行的時候吧？第一個銳角是明日奈小姐，第二個銳角是出現在六本木的詩乃小姐與莉法小姐……」

「咦，真的嗎……嗚哇，真的耶。」

比嘉也屏住了呼吸。曲線圖刻劃了兩個銳角的時間，確實正是女高中生們剛剛降臨到Underworld的時候。

「咦，這是怎麼回事……？單純是顯示『有熟悉的人出現，所以產生強烈反應』的情況嗎？不對……桐谷小弟受到的，應該不是因為這種情緒上的理由就能恢復的傷害……一定有某種理由……某種物質、邏輯上的理由才對……」

從網狀椅上起身後，比嘉就在操縱臺前焦急地來回走著。或許是注意到他的氣息，在稍遠處椅子上真的已經累趴了的菊岡，以及癱坐在牆壁邊的眾技術人員都用疑惑的視線看著他。

但是比嘉沒有注意到他們，只是不停轉動腦袋。

「自我……主體……自己規定的自我形象……某個地方存在其量子模式的備份……？不對，不可能啊……從來沒拷貝過桐人小弟的搖光，就算拷貝了，也不可能做出從裡面切割出自我形象並且寫入的行為……能夠和他的搖光連線的有效量子模式……在哪裡……在哪裡……」

「喂……喂，比嘉啊。」

叫了好幾次比嘉的名字，他才終於抬起頭來。

「什麼事？」

「你之前就一直說的，主體的喪失，具體上是什麼情形？」

「嗯……也就是呢……」

花了幾秒鐘來切換思考，比嘉才快速回答：

「『觀察者、知覺者』……也就是心中的自己喲。以哲學來說，就是主體——客體問題。透過感覺所接受的，處理所有情報的主要處理程序。」

「哦……也就是說，你使用STL來統合唯物論與二元論嘍。嗯，這不重要。我想說的是，所謂的主體和客體，真的能那麼容易地分割開來嗎？」

「……啥？」

這預料之外的發言，讓比嘉不停眨著雙眼。

菊岡和技術人員也持續閉著嘴巴，目前只有冷卻扇低沉旋轉聲的房間裡，流出神代博士沙啞的聲音。

「知覺者、主體。被知覺者、客體。這只是表現事物之間關係的哲學概念，我不認為它們可以直接套用到我們每個人以搖光這種形式可視化的意識構造上。人類是社會性的動物，不是以唯一個人的形式存在於世上。自己心中的他人、他人心中的自己……你不覺得，這些在某種程度上都經由某種網路類型聯結在一起嗎？」

「他人……心中的……自己……」

轉換成言語的瞬間，比嘉就自覺這個概念是屬於自己最為忌諱的種類。

別人是怎麼看待自己。和人比較起來又是如何。

神代凜子是怎麼看自己的。

和茅場晶彥比較起來又如何呢。

——對喔……

——我連自己的臉都記不太清楚。如果要畫自畫像的話，大概會出現似是而非的成品吧。這是因為我一直避諱著自己——不論是外表和內在，就算再怎麼掙扎都無法與茅場學長比較的狼狽模樣。我心中的主體，不過是這種程度的東西罷了。

沒錯，收集周圍的人心中的「比嘉健」並且合成起來的話，大概就能夠完成相當高的重現度吧，我的主體不過就是這種程度的東西……

被擺了一道了，比嘉原本想露出混雜著自嘲的苦笑——

結果到這個時候才終於了解神代凜子發言的真意。

「……自我形象的備份。」

這麼呢喃，然後瞬間抬起頭來的時候，丟臉的自我厭惡感已經不知道消失到哪裡去了。

「對喔……確實是有啊。有檔案能夠補完桐人小弟被轟飛的主體！就在他身邊的人的搖光當中……！」

比嘉這麼大叫，然後以快到極限的腳步左右走著。

「但是要抽出這些檔案就需要ＳＴＬ……而且只有一個人的話重現度太單薄。至少要兩個，不對，是三個……人………」

比嘉用力吸了口氣並且把它屏在胸口。

認識桐谷和人最深，靈魂裡保存著詳細印象的人物。那無疑就是結城明日奈了。而且她現在就躺在和人身邊的ＳＴＬ裡。

而六本木支部的ＳＴＬ裡面，也還躺著兩名應該與和人相當親近的女孩子。

比嘉把視線朝向菊岡二佐，然後用沙啞的聲音問道：

「菊老大。從六本木支部潛行的女孩子們……是與桐谷小弟有關的人吧？」

「……嗯，沒錯。」

菊岡也閃爍著黑框眼鏡的鏡片並點了點頭。

「詩乃是在半年前的『死槍事件』裡，和桐人一起解決問題的伙伴。而莉法則是桐人的妹妹喔。」

一瞬間的沉默之後，比嘉也讓圓眼鏡的鏡片發出了光芒。

「……有了。有了喲，就是這個！沒問題……桐人小弟的自我形象或許可以復原了！抽出應該保存在她們搖光內的桐人小弟的印象，然後和喪失領域聯結起來的話……這有效檔案就會融入桐谷小弟的搖光並且活性化，這樣應該就能回復本來的主體了……」

在從身體深處湧起的熱氣驅動下，比嘉啪一聲合起雙手。

接著，一秒鐘後——

這股熱氣就無聲無息地被奪走，感覺身體逐漸變冷。

「啊……啊啊……不會吧……啊啊啊……」

「怎……怎麼了，到底怎麼回事啊，比嘉！」

把視線移往激動、快速地這麼說道的凜子身上，比嘉像說夢話般呢喃著：

「能夠進行這種操作的……就只有主控室而已呀……」

沉重的沉默再次像灰塵一樣降落，累積在副控室的地板上。

這時發出深沉嘆息的，是身為指揮官的菊岡。

「是啊……這是理所當然的事……哎呀，別這麼沮喪嘛，比嘉。光是桐人小弟的治療又出現光明就很值得高興了。實際的操縱就等到狀況結束，把那些傢伙趕出Ocean Turtle之後再進行也……」

「這樣……就太遲了……」

依然低著頭的比嘉打斷了菊岡的話。

「突擊隊從護衛艦『長門』攻進來，在主軸內部發生大規模戰鬥的話，副電源應該也會斷掉吧。說不定主控室的設備也會遭到破壞。當然，桐谷小弟的ＳＴＬ就會關機，而他也會在意識不明的狀態下從Underworld登出。如此一來……恐怕桐人小弟就再也無法與ＳＴＬ連線了。因為現在的狀態只是通過初期階段而已……要治療的話，無論如何都要在他和三個女孩子潛行於Underworld時實行才可以。」

平淡地這麼說著時，比嘉再次感覺到身體深處逐漸湧起某種決心。

這種時候，自己會怎麼辦。

如果是稍早之前，比嘉的主體應該會這麼回答。我怎麼可能有辦法。又不是茅場學長。

但是，這並不是真正的自我形象。只不過是在逃避，替自己找藉口。

如果是我所知道的比嘉健，那個設計出ＳＴＬ與Underworld的超級天才，一定會這麼說才對。

「……菊老大，讓我過去吧。」

「你說過去……是要去哪裡？」

把身體整個轉向身穿夏威夷衫繃起臉來的指揮官，比嘉用力吸了一口氣之後才繼續說：

「我不是想殺進被占領的主控室啦。聽我說……現在旁邊那間桐谷小弟所在的第二ＳＴＬ室和耐壓隔板下面的主控室，是由貫穿Ocean Turtle主軸船尾側的光纖導管所連接起來。然後呢，光纖線路上應該有一處檢修用的電子連接器。從第二ＳＴＬ室入侵導管然後從梯子下去，把檢修用電子連接器接到筆電上，就可以操縱桐谷小弟的ＳＴＬ了。」

聽見比嘉的點子後，菊岡一瞬間像要表示「我怎麼沒想到」般瞪大黑框眼睛底下的雙眼，但立刻就恢復嚴肅的表情並且反駁：

「但檢修用電子連接器確實是在分隔我們與襲擊者之間的耐壓隔板外面。想要到達連接器，就必須暫時解鎖現在封閉導管的隔板。從主控室旁邊的第一ＳＴＬ室也可以到達導管，被發現解鎖的話我們的作戰就會被識破，也有可能會被從下方攻擊。」

「關於這一點，就用誘餌作戰來解決吧。」

「你說……誘餌？」

雖然菊岡的眼光變得更加銳利，但比嘉很快地搖了搖頭。

「當然不是投入貴重的人力喲。解除隔板的封鎖之後……就讓那個從導管另一側的人類用階梯衝進去。」

「原來如此……是『一衛門』嗎？幸好那保存在上軸的倉庫裡。哪個人幫忙去把那個搬過來。」

在菊岡的指示下，坐在牆邊聽他們說話的兩名工作人員就小跑步離開房間。另一方面，神代博士則用很擔心的表情開口說：

「等等……你們說要拿一衛門當誘餌，但那應該還只能緩緩上下樓梯而已。不可能做出吸引敵人注意之後，立刻跑回來的動作。」

一衛門，正式名稱是「Electroactive Muscle Operative Machine 1」，它是人工搖光搭載用人

形機械身軀的實驗機。由聚合物人工肌肉來驅動金屬骨骼，也就是所謂的人形機械人。由於是實驗機，因此並沒有附加任何漂亮的外裝，機械與鋼絲完全外露，所以一點防彈性能都沒有。

昨天，被比嘉拜託幫忙調整一衛門自律步行用平衡器的凜子，嘴裡雖然不停地抱怨著但還是相當認真地進行工作，所以對於「一衛門誘餌作戰」應該也有一些想法吧。當然比嘉本身也感到很可惜，但現在不是捨不得這些機材的時候了。

「……雖然對一衛門很不好意思，但也只能讓它拚一下了。不過，外表看起來是那種模樣，敵人說不定會害怕爆炸而不敢一下子就開火射擊。」

「……說得也是……」

當他們進行這樣的對話時，電動門便橫向移開，接著一台大型台車發出滾動的聲音被推了進來。以蹲坐的姿勢被放在上面的，是粗獷的頭部裝載了三個鏡頭的高大機器人。

神代博士以複雜的表情眺望著一衛門，然後立刻轉過頭來。

「……嗯，這種外表確實能發揮很大的功效，應該能讓對方覺得我們有什麼不得了的計畫吧……」

「至少沒辦法無視它吧。趁著敵人對應一衛門的期間，我就入侵光纖導管下部，然後從檢修用電子連接器操作桐谷小弟的ＳＴＬ。問題是，這傢伙能爭取到幾分鐘的時間呢……」

聽見比嘉這麼說的菊岡，就以交叉的腳尖晃動著木屐並且說：

「沒辦法乾脆連『二衛門』都出動嗎？」

「很可惜，那真的沒辦法。」

比嘉一邊大動作聳著肩一邊立刻這麼回答。

「就機體性能來說，二衛門確實較佳，因為那傢伙是完全以人工搖光來控制作為前提，和一衛門不一樣，沒有搭載自律平衡器。以目前的狀態，剛開始下樓梯就會跌倒了吧。」

「這樣啊……」

把視線從點著頭的指揮官身上往右移，就發現凜子不知為何以奇妙的表情看著地板的一點，但馬上就又以回過神來的模樣詢問：

「但是比嘉，就算可以用這招來矇混過隔板已經解鎖，你被發現的危險性也不是完全消除了吧。還是帶著護衛一起到光纖導管去比較好吧？」

「……不，現在這個時候，自衛官工作人員是相當重要的戰力。何況能在那麼狹窄的導管迅速移動的，就只有瘦小的我而已吧。我會快去快回啦。」

雖然以平常的口氣這麼回答，但想像具體的狀況之後，心跳就有點加快。

如果被敵人發現，從導管下側開槍的話，根本沒地方可以逃。Ocean Turtle被襲擊的時候，也是只聽見槍聲，甚至連敵人戰鬥員的模樣都沒看見。

——但是……

我……不對，應該說ＲＡＴＨ這整個組織都欠桐人小弟一個很大的人情。

比嘉健再次把這個想法刻劃在腦袋裡面。

雖說封鎖了記憶，還是強迫他在現實世界裡進行了三天，Underworld內長達十年的潛行。可以說就是他給了人工搖光們重要的契機。突破界限的人工搖光「愛麗絲」之所以能誕生，絕對是因為和人從頭到尾都與她有深厚關係的緣故。

加上之後雖說是為了治療，但讓他與解除限制的ＳＴＬ連線，結果導致他的搖光受到重大傷害。而且那是他為了保護愛麗絲而不斷與支配Underworld的組織苦戰，因此失去許多伙伴所造成。這樣的話，只要有機會能治療他，不論要冒什麼樣的危險自己都得挑戰才行。不然的話，會一輩子沒有臉見他。

比嘉健把雙手緊握成拳頭，然後對菊岡點點頭。

就在這個時候——

第四道聲音在副控室裡響起。

「那個～……我也和比嘉主任一起去……」

眾人視線所集中的目標是，至今為止一直坐在牆邊墊子上的其中一名ＲＡＴＨ技術人員。

個子與比嘉差不多矮小的他，把長長的頭髮在後腦勺綁成馬尾。雖然提出這種相當有勇氣的請求，卻以有點僵硬的動作站起來，接著繼續表示：

「我也是這樣瘦巴巴的……不過，至少還能幫主任擋子彈吧……而且，至今為止一直保養導管等設備的，也都是我……」

比嘉認真地凝視這名以很難聽清楚的聲音說話的男性員工臉龐。

年紀比自己大許多，大概是三十五六歲左右吧。以搭乘Ocean Turtle好幾個月的人員來說，皮膚算相當白。記憶中他確實是從大遊戲開發公司離職後加入ＲＡＴＨ的人物。

戰力上來說當然比不上自衛官，不過，有人能跟著自己內心就踏實多了。比嘉從椅子上站起來後，就對工作人員深深低下頭來。

「……老實說，我也不太記得檢修用電子連接器的位置在哪裡了。那麼就麻煩你跟我一起去吧，柳井先生。」

2

回歸現實世界的加百列．米勒從ＳＴＬ二號機當中緩緩抬起眼瞼。

正確來說不是回歸，而是遭到預定之外的放逐。依然躺在軟膠床上的加百列，品嘗著嘴裡那些許的驚訝味道。

沒想到自己會在虛擬世界的一對一戰鬥中落敗。而且對手不是人類而是ＡＩ。

敗給那個騎士的理由是什麼，加百列花了貴重的幾秒鐘來思考這個問題。

意志的強度？靈魂的羈絆？連結人與人的愛情力量……？

——太愚蠢了。

加百列的嘴角出現微微的冷笑。不論是在現實世界還是虛擬世界，如果有什麼看不見的力量，那唯一就只有——引導自己的命運之力。

也就是說，失敗是必然的結果。因為有這個必要。命運希望加百列不要用闇神貝庫達這個借來的虛擬角色，而是用他自己的模樣來戰鬥。要求他以正確的方法再次降臨到那個世界裡。

這樣的話，只要那麼做就可以了。

加百列結束思考，無聲地從床墊上走下來。

看向另外一台ＳＴＬ，就意外地發現副官瓦沙克・卡薩魯斯依然繼續潛行著。原本以為他早已死亡並且登出，看來這個男人也又找到什麼冀求的事物了吧。

——嗯，隨他高興吧。

聳聳肩後，加百列就打開通往隔壁主控室的房門。對著操縱臺的平頭隊員抬起頭來，對他發出毫無緊張感的聲音：

「辛苦了，隊長。哎呀，被幹掉了呢。」

「狀況呢？」

冷冷地這麼一問，克里達就稍微改變表情，回覆了這樣的報告。

「呃～按照指示依序投入從全美國找來的五萬名玩家。目前雖然有半數已經損耗，但應該能達成殲滅人界軍的目的。至於不確定的要素……就是ＲＡＴＨ方也採取同樣的手段……戰場上確認到來自日本的大規模連線。數量大概是兩千左右，應該不是什麼太大的問題才對。」

「唔……？」

加百列揚起單邊眉毛，然後抬頭看著主螢幕。

上面表示著顯示Underworld南部的地形圖。從「東大門」一直線往南延伸，在×符號處中斷的黑線，應該就是闇神貝庫達，也就是加百列的移動紀錄吧。雖然到達存在於世界南端的系統操縱臺還有一半以上的距離，但愛麗絲現在應該還停留在×符號的地點才對。

而有一條粗大的白線像要追趕黑線般也跟著南下。這應該是人界軍吧。現在緊密地聚在一起並且停止移動了。

由紅色所表示的大軍正準備擊潰這些白色人界軍。如果這就是美國人ＶＲＭＭＯ玩家，那麼在白色與紅色之間像是防火牆般散開的藍光——應該就是來自日本的兩千名連線者了吧。

「這些日本人所使用的，是人界軍的預設帳號嗎？」

「我想應該是吧。怎麼了嗎？」

「沒有……」

加百列一邊把克里達遞過來的寶特瓶礦泉水放到嘴上一邊思考著。

日本的ＶＲＭＭＯ中毒者們，真的有可能把一半的自己，不對，應該說把某種意義上比現實世界的自己更加重要的角色，直接轉移到Underworld裡面來嗎？

不，怎麼可能呢。加百列再度浮現冷笑。

在半個月前左右參加的，ＶＲＭＭＯ「Gun Gale Online」日本伺服器的ＰｖＰ大賽裡，那些年輕人只擁有被加百列輕易全滅的實力，就算他們覺得有趣而連線到Underworld，應該也不願意冒任何喪失自己角色的危險吧。

簡短回想起大賽的最後一幕時，雖然那個被必殺的裸絞纏住依然到最後都不放棄的藍髮女狙擊手稍微閃過腦袋，但加百列立刻把思緒拉回來。

「——好，我也要再次潛行。把這個帳號轉移到Underworld去。」

在剛好放在系統操縱臺上的紙片寫上ＩＤ與密碼並交給克里達後，他就出現奇妙的表情。

「哎呀，隊長也是嗎？」

「也……的意思是？」

「沒有啦，瓦沙克那個傢伙也曾經因為死亡而回來。但不知道為什麼，露出一臉很高興的表情，又轉移自己的帳號潛行回去了。」

「……哦？」

加百列看向掉落在克里達腳邊的紙片。在應該是瓦沙克ＩＤ的前頭，可以看見並排的三個英文字母鮮明地浮現出來。

「……原來如此。原來如此啊。」

「呵呵」，加百列很難得地從喉嚨發出真正的笑聲。克里達則露出更為疑惑的表情，這時加百列拍了一下他的肩膀，然後說：

「不用在意。別看他那樣，那個男人……應該也有自己的因緣要處理吧。那麼，就拜託你了。」

在轉身再次朝ＳＴＬ室前進的這段期間，加百列的嘴唇上依然一直掛著扭曲的笑容。

＊＊＊

同一時刻，瓦沙克・卡薩魯斯也在黑色斗篷底下咧嘴笑著，眺望著眼睛下方的戰場。

站在遺跡參拜道路入口的神像頭上，可以把美國人玩家與日本人玩家進行著血戰的情況一覽無遺。

不對，用正確的表現來說，應該是單方面的殺戮吧。

以參拜道路入口為中心，圍成寬廣半圓陣形的兩千名日本人，在幾乎沒有損耗的情況下把殺到的紅色步兵集團砍倒。雖然裝備的性能與配合度也有很大的差異，但最重要的是後方支援體制的人數多寡。負傷的玩家立刻被運送到建構在參拜道路深處的陣地裡，利用回復咒文來治癒傷勢，然後又元氣十足地衝回前線。

在存在和現實世界同等疼痛的Underworld，他們高昂的士氣確實令人佩服。不過真要說的話，多達兩千名玩家轉移自己的主要遊戲角色到此參戰這件事本身就是很大的奇蹟了。

這種連加百列・米勒都認為不可能出現的狀況——

瓦沙克・卡薩魯斯卻幾乎完全預料到了。

可以從美國連線的話，日本方面也會有人界軍這邊的援軍前來才對。而瓦沙克也看穿他們應該會利用轉移角色來作為援軍。

他從現在驍勇善戰的日本人玩家當中，認出除了「閃光」亞絲娜之外的熟面孔後，就打從內心感到高興。

因為原本已經放棄，認為再也無法體驗到的那個死亡遊戲，竟然會以另外一種形式再次出現在自己眼前。

不對，當然即使在這個世界死亡，現實世界裡的玩家們也不會被奪走真正的生命。

但是Underworld裡，有那座浮遊城當中不存在與存在的東西。

也就是——

存在著「痛苦」。

不存在「禁止犯罪指令」。

這樣的話，應該可以大大地享受一番才對。或許可以獲得更勝於親手奪走生命的興奮。

「呵呵、呵呵呵、呵呵呵呵……」

再也忍不住的瓦沙克從斗篷底下發出隱密的笑聲。

＊＊＊

——沒趕上嗎？

詩乃無言地凝視著壯年劍士渾身是傷的屍骸，以及趴在上面哭泣的黃金女騎士。

騎士身邊有兩頭巨大的飛龍像是同樣感到悲傷般低垂著頭。

為了趕上影響整個世界命運的「光之巫女」愛麗絲、擄走她的闇神貝庫達，以及追趕兩個人的騎士長貝爾庫利，詩乃拚盡全力飛行。雖然發揮在ＡＬＯ裡猛烈特訓過的任意飛行技術，以系統允許下的極限速度朝著南方前進，但終於追上的時候戰鬥早已結束了。

不對——這時應該稱讚的是貝爾庫利的力量吧。

因為他不但追上貝庫達不可能被趕上的飛龍，甚至還擊斃了應該不可能死亡的超級帳號。

但是，這裡有一件很非常不合情理的事情。

就是騎士長貝爾庫利死後，他的靈魂將永遠消失。但是同樣死亡的闇神貝爾庫利，靈魂卻不是這樣。

這時愛麗絲好不容易停止哭泣，不過還是虛脫般低著頭，雖然詩乃必須告訴她危機不是這樣就消失，但是卻不知道如何開口。

珍貴的數分鐘在沉默當中流失，結果先出聲的是騎士愛麗絲。

詩乃不由得因為愛麗絲即使被淚水濡濕了臉頰，還是淒絕美麗的模樣屏住呼吸，而愛麗絲則用宛如水面般的閃亮鈷藍色眼睛直視著她。櫻桃色嘴唇微動，發出銀鈴般的聲音：

「妳也是……從現實世界來的嗎？」

「嗯……」

詩乃點點頭，好不容易才開口說：

「我叫詩乃。是亞絲娜和桐人的朋友。原本是為了從闇神貝庫達手裡救出妳和貝爾庫利先生……但很抱歉，沒能趕上。」

愛麗絲對跪在留下激鬥痕跡的岩山上低下頭來的詩乃靜靜搖了搖頭。

「不……是我太愚蠢了。全是沒有警戒背後，像個小孩子一樣被綁走的我不對。叔叔的……偉大的整合騎士長的性命，跟我這種人的生命明明根本無法相比。」

聲音裡帶著的深切悔恨與自責，讓詩乃頓時說不出話來。愛麗絲以拚命忍住淚水的表情，提出了另一個問題：

「目前的戰況如何？」

「……亞絲娜和人界軍，正想盡辦法防堵著現實世界來的紅色軍隊。」

「這樣的話，我也回北方去吧。」

愛麗絲搖搖晃晃地站起身子，朝著其中一頭飛龍走去，結果詩乃叫住了她。

「不行喔，愛麗絲小姐。妳直接朝南方的『世界盡頭的祭壇』前進。觸碰祭壇上的操縱臺……不對，觸碰水晶板的話，現實世界那一邊應該就會呼喚妳。」

「為什麼？皇帝貝庫達已經死了吧。」

「……事情……不是這樣的。」

接著詩乃便向愛麗絲說明了一切。現實世界的人，就算在Underworld死亡，也不會真正失去生命。寄宿在皇帝貝庫達身軀裡的敵人，現在這個瞬間也很可能會得到新的身體再次襲來。

至於愛麗絲本人，就像是至今為止好不容易才壓抑住的所有感情一口氣爆炸一樣，表現出劇烈憤怒的反應。

「妳說叔叔他……不惜捨棄性命與他同歸於盡的敵人竟然沒死？只是暫時消失，之後又會像什麼事都沒發生過一樣甦醒……妳的意思是這樣嗎？」

黃金鎧甲發出「喀鏘」一聲後，愛麗絲整個人逼近到詩乃身邊。

「怎麼……怎麼可能有如此荒謬的事情……！這樣……叔叔究竟是為什麼……為了什麼而必須犧牲性命呢！另一邊根本不用賭命的對決，簡直……簡直就像一場鬧劇嘛………」

詩乃只能凝視著藍色眼睛裡再次湧出淚水。

在GGO和ALO的戰鬥裡，已經不知道死過多少次的我。而在這個世界也和闇神貝庫達

一樣即使喪命也不會真正死亡的我——

——沒有資格說些什麼。

但是詩乃還是用力吸了口氣，然後確實看著愛麗絲的雙眸說：

「這樣的話……愛麗絲小姐，妳是說桐人的痛苦也是虛假的嘍？」

瞬間，黃金騎士猛烈噏下氣息。

「桐人也是現實世界的人喔。即使在這個世界喪生，也不會失去真正的生命。但是，他受的是真正的傷害。他感受的疼痛、受傷的靈魂全都是真貨。」

又隔了一會兒，她的嘴唇便露出淡淡的笑容繼續表示：

「……我喜歡桐人。非常喜歡。愛麗絲妳也一樣吧。其他還有許多喜歡他的人。這些人全都在擔心桐人。拚命地祈求他能恢復健康。而且，嘴裡雖然不說，內心也都想著『為什麼桐人得犧牲到這種地步呢』。」

詩乃輕輕地把手放到愛麗絲雙肩上，然後以清晰的聲音說：

「桐人會受傷都是為了救妳喔，愛麗絲。就為了這一點，他便努力到讓自己變成那樣。妳真的要連他的心意都說是虛假的嗎……？不，不只有桐人。騎士長先生也是一樣。為了救妳而這樣渾身是傷，犧牲性命製造了這個機會，幫忙爭取到讓妳從敵人手中逃脫的時間。」

詩乃沒有立刻得到回答。

愛麗絲默默地凝視著貝爾庫利躺在地上的屍骸好一陣子。

眼裡再次落下斗大的淚水——接著黃金騎士用力閉起眼睛，像在忍耐什麼一樣抬起臉來。直接以沙啞的聲音發問：

「詩乃。我……我從『世界盡頭的祭壇』到現實世界去之後，還能再次回到這個世界來嗎？可以再次跟心愛的人們見面嗎……？」

詩乃心中沒有相關的知識可以確實回答愛麗絲迫切的問題。可以確定的，就只有愛麗絲落入敵人手上的話，整個Underworld就會遭到破壞、消滅。

只要保護世界和愛麗絲，願望就一定能實現。現在只能這麼相信了。

所以詩乃緩緩點了點頭。

「嗯。只要妳……以及這整個地底世界平安無事的話。」

「……我知道了。這樣的話，我就往南方前進吧。雖然不知道『世界盡頭的祭壇』有什麼在等著我……但如果這就是叔叔以及桐人的意志……」

愛麗絲輕輕揚起白色裙子跪了下去，溫柔地撫摸了一下躺在地上的貝爾庫利的頭髮，接著在他額頭一吻。

當站起身時，女性騎士全身就散發出變了一個人般的氣息。

「雨緣、瀧刳。再努力一下喔。」

對兩頭飛龍這麼搭完話，愛麗絲就把視線對著詩乃。

「詩乃小姐……妳接下來有什麼打算？」

「這次換我使用這條生命了。」

詩乃咧嘴對她露出微笑，接著又說道：

「我想闇神貝庫達會在這裡復活。我會盡可能打倒他……至少也要幫妳爭取到充足的時間。」

愛麗絲輕咬嘴唇，低下頭來說：

「……拜託妳了。我絕不會浪費你的心意。」

目送往南方飛去的兩頭飛龍離開之後，詩乃把掛在右肩上的長弓拿回手上。

據說襲擊Ocean Turtle的很可能是由美國政府機關所支援的民間軍事公司。而其中一名戰鬥人員寄宿在超級帳號04——闇神貝庫達身上襲擊了愛麗絲。

現實世界裡只不過是一名高中生的詩乃，實在無法對抗這樣的對手。

但如果是在這個地方。如果是虛擬世界的一對一戰鬥的話——

不論來者是誰自己都會獲勝。

向自己做出如此堅定的誓言後，詩乃便等待著敵人再次潛行至此的瞬間。

＊＊＊

從揮盡的右拳上，傳來最後的骨頭折斷的清脆聲響。

拳鬥士團團長伊斯卡恩，把視線從護胸正中央被打穿後呈大字形倒在地上的敵人移開，無言地眺望著自己的右手。

在那裡的已經不是能夠打碎所有物體的鋼鐵拳頭。有的只是粉碎的骨頭、撕裂的肌肉，以及血液阻塞後腫起來的鬆垮皮囊。

左拳在稍早之前已經陷入同樣的狀態。雙腳也已經沾滿鮮血而且全是瘀青，不要說踢人了，根本連走路都不可能。

「……冠軍，你戰鬥的模樣真是威猛。」

副官達巴沙啞的聲音讓伊斯卡恩往後面瞄了一眼。

癱坐在地面的巨漢，在失去雙臂之後依然持續只以頭錘與身體衝撞來戰鬥，臉龐與身上那多道的刀傷就是最佳證明。經常散發鬥志與智慧光芒的雙眼已變得朦朧，顯示達巴的天命已經快要用罄了。

伊斯卡恩為了向勇士的靈魂表達敬意，舉起碎裂的右拳回答：

「哎，這種死法，接下來在另一個世界遇見先代團長也不會丟臉了吧。」

他拖著腳來到副官身邊，像崩塌般坐了下來。

超過兩萬人的紅色軍隊，經過長時間的激戰後已經減少到只剩下三千人左右。但代價就是拳鬥士團也僅僅剩下三百人左右。而且所有人都是滿身瘡痍，已經無法順利組成陣型，只能聚在一起等待被對方擊潰的命運。

團團包圍住他們的三千敵兵，之所以沒有一氣呵成發動最後的突擊——

全是因為在伊斯卡恩與達巴視線前方，宛如戰神般持續戰鬥著的一名騎士與一頭飛龍的存在。

＊＊＊

肉體與精神的消耗早已超過界限。

整合騎士謝達・辛賽西斯・推魯弗即使在這種情況下，只要模糊的視界裡出現敵人的影子，就還是會動著宛如鉛塊一樣重的右臂，揮舞著黑百合之劍。

「咻」一聲遲鈍的風聲。

極細的劍身刺進敵人鎧甲的肩口。後座力讓她從手腕到手肘都爆出像是被無數細針刺中般的痛楚。

「喝……啊啊啊啊啊！」

從喉嚨裡擠出完全不符合「無聲」綽號的沙啞吼叫聲。劍好不容易割開厚重裝甲，把底下的肉體一直線撕裂。

從隨著聽不懂意思的咒罵倒下的敵兵身上抽出劍身後，謝達急遽喘著氣。

如此疲憊困頓的理由，除了敵人似乎是無限的數量之外，還有刺中紅色士兵們時的奇妙手感。

心念很難發生作用。明明武器和鎧甲和謝達的神器比起來都是優先度遠遠不及的物品，但是在砍斷之際都會有令人不快的抵抗感。敵人的攻擊也有同樣的感覺。明明盡是一些靠著蠻力所揮出的粗劣斬擊，但不知道為什麼就是很難看出動向。

簡直就像在和影子戰鬥一樣。宛如從遠方把這些其實不在現場的人映照到這裡的皮影戲軍隊。

和他們的戰鬥一點都不有趣。謝達自覺應該只為了斬殺而生的自己，對於殺害這些影子有強烈的厭惡感。

——為什麼呢？

——不論對手是影子還是真人，甚至只是一般的石像，只要堅硬應該就能滿足我才對。我明明是只知道斬殺的人偶……

極細劍身裡帶著最高等級優先度的神器，黑百合之劍。它是只為了切斷而造出的道具，同時也是謝達自身的影射。停止斬殺的話，將會完全失去存在的意義。

謝達從暗黑界的古戰場帶回來了一朵黑百合，最高司祭亞多米尼史特蕾達改變它的分子結構後變成一把劍。然後把它下賜給謝達並這麼說。

——這把劍是把刻劃在妳靈魂的詛咒變成實體後的成品。從性狀遺傳參數的變動中產生的，名為殺人衝動的詛咒。就用它持續不斷地斬殺吧。或許……只有在那條充滿鮮血的道路盡頭，才存在解除妳詛咒的關鍵。

那個時候，謝達不了解最高司祭這麼說的意思。

謝達按照她所說的，在幾乎等於無限的歲月當中不停地斬殺。而現在終於遇見了最棒的敵手。那是比至今為止透過劍刃接觸的任何人、任何物體都要堅硬的一名拳鬥士。

想再次和那個人一戰。因為和他戰鬥的話，或許終於可以了解些什麼。

只是在這個衝動的驅使下，謝達就和人界軍分離而留在這座戰場上。但是，看來已經無法再次和那名紅髮的拳鬥士戰鬥了。

把僅剩下的一口水灌進喉嚨，她便一邊把空皮袋丟掉一邊往後方瞄了一眼。

結果看見滿身傷痕的拳鬥士族長坐在遠處的岩石上。左眼裡不知為何浮現悲傷感情的他，也一直往謝達這邊望過來。

胸口忽然感到一陣刺痛。

——這股疼痛是怎麼回事？

——我明明想砍掉那個人。想再次體驗那種能夠燒盡一切般的戰鬥，也想斬斷那比金剛石還要硬的拳頭，明明只有這些才是我的願望。但是我的胸口……為什麼會像這樣被揪緊呢……

嗶嘰。

右手忽然傳出細微的聲音。

謝達舉起黑百合之劍，無言地望著它。彷彿吸盡所有光線般的漆黑劍身中央，出現了一道比蜘蛛絲還要細的裂痕。

啊啊……

原來如此。

謝達大大吸了口氣，然後露出微笑。

現在所有的疑問都解開了。謝達終於領悟，亞多米尼史特蕾達所說的話的意思，以及所謂的詛咒究竟是什麼了。

把視線移回沉重的地鳴上，就看見接下來的敵兵正舉著粗獷的戰鎚往這邊突進。

謝達以流暢的腳步迴避敵人的初擊，右手的劍跟著刺進紅色鎧甲中央。

最後的攻擊簡直沒有一絲聲音。像是滑入心臟一般，柔韌地結束敵人生命的黑百合之劍——從中段附近化作無數黑色花瓣，到最後都沒有發出任何聲音就碎散開來。

謝達像是感到很惋惜般，把手中紛紛崩落的劍柄靠近嘴邊並且呢喃：

「……長久以來，謝謝你了。」

一瞬間，似乎有清爽的花香飄盪在空氣中。

長年跟在身邊的騎龍宵呼，這時正在右側以尾巴的一擊轟潰敵兵。

灰色鱗片因為從無數傷口溢出的血而染紅，爪子與牙齒也幾乎都掉光了。熱線早已吐盡，動作也緩慢到讓人難以置信的地步。

確認敵人的突擊暫時中斷，謝達就走到愛龍身邊，把右手順著牠的脖子撫摸著。

「也要謝謝你，宵呼。你累了吧……可以休息了。」

接著謝達和飛龍就互相幫助對方，朝著拳鬥士團殘存者聚在一起的低矮山丘前進。

依然坐在地上的拳鬥士族長，舉起腫得像是立刻要爆開的右手來迎接謝達。

「抱歉……讓妳把那麼重要的劍弄斷了……」

聽見對方的道歉，謝達就搖了搖頭回答：

「沒關係。因為我終於知道，自己為什麼要持續斬斷所有東西了……」

謝達雙腳一軟就跪到地面，然後抬起雙手，用十隻手指靜靜夾住年輕鬥士的臉。

「是為了尋找不想砍的東西。為了找到想守護的東西，我才會持續戰鬥。而那就是你。所以已經不需要那把劍了。」

一瞬間，從拳鬥士瞪大的左眼中湧出透明的淚水，謝達則是有些驚訝地凝視著這一幕。

年輕人用力咬緊牙關，一邊響著喉嚨一邊呢喃著：

「啊啊……可惡。真想跟妳結婚生子。一定可以生出很強的小鬼。可以比前任還有我更強的最強拳鬥士……」

「不行喔。我要讓那個孩子成為騎士。」

兩人簡短地凝視對方，然後同時露出微笑。在露出溫柔表情的巨漢守護下，謝達和伊斯卡恩一瞬間互相擁抱，接著並肩坐在一起。

三百名拳鬥士和一名整合騎士以及一頭飛龍，就這麼默默地等待紅色士兵一點一點地縮小包圍網。

＊＊＊

「這下看來是……大勢已定了。」

亞絲娜聽見同時回到後方陣地的克萊因這麼說，就回答了一聲「是啊」。

擔任魔法職的日本人玩家，以剛學會的神聖術治癒出現幾處負傷的兩個人。雖然無法模仿正職的Underworld人修道士那種利用心念來增幅效果的技術，但因為是把高等級角色轉移過來，所以擁有相當高的術式行使權限，以需要的治癒力來說已經相當足夠了。

「謝謝妳來幫忙。」

對女性術師玩家道完謝，亞絲娜也同樣對身邊的克萊因這麼表示。

「也要謝謝你，克萊因。不知道該怎麼感謝你才好……」

克萊因看著說不出話來的亞絲娜，有些不好意思般摩擦著鼻子下方。

「喂喂，太見外了吧。我欠妳和桐人那個傢伙的人情，不是這點小事就能還完的吧……那傢伙也在吧，人在哪裡？」

亞絲娜靜靜對壓低聲音的克萊因點點頭。

「嗯。戰鬥結束後就讓你們見面。要是克萊因丟出平常那種無聊的冷笑話，他說不定會因為忍不住想吐嘈而醒過來呢。」

「啊～太過分了吧。」

即使以常見的開朗表情露出笑容，克萊因眼裡還是帶著深沉的擔心。他也早就已經知道，桐人的靈魂受到重傷的事情了。

——啊啊，不過，說不定……

順利解決一切事情，將敵人從Ocean Turtle裡擊退，在詩乃、莉法以及克萊因等前ＳＡＯ攻略組、朔夜與亞麗莎等ＡＬＯ組……以及愛麗絲、羅妮耶、索爾緹莉娜等人包圍之下，桐人就真的會忍不住張開眼睛了。

為了能在那個瞬間用笑臉迎接他，現在必須得好好努力才行。

傷勢一痊癒，亞絲娜就再次向術師玩家道謝然後站起來。

正如克萊因所說，戰鬥可以說大勢已定。紅色美國人玩家的數量已經減少到跟日本人差不多，像是喪失戰意一般只是不停進行自暴自棄的突擊。

但是，這座古代遺跡的戰鬥只不過是前哨戰而已。

問題是被皇帝貝庫達綁走的「光之巫女」愛麗絲。在騎士長貝爾庫利以及詩乃想辦法絆住他腳步的時候，必須追上皇帝並且把愛麗絲奪回來才行。到時就從轉移組裡面組織最精銳的隊伍，然後借人界軍的馬全速南下。

只要能追得上，就算敵人使用的是超級帳號，也不可能敵得過集結日本頂尖玩家所組成的代表隊。他們就是具有能讓亞絲娜如此斷言的壓倒性力量。勇猛作戰的劍士們，長劍、盾牌與鎧甲反射陽光後發出七彩光輝的模樣，簡直就與北歐神話裡的英靈戰士一樣……

拭去快要滲出的淚水，亞絲娜把視線從前線移到最後方去。

遺跡參拜道路入口附近，補給隊的馬車也從深處被拉出來，建構出即席的陣地。受傷的日本人被Underworld人用術式治癒的模樣，也讓人有種無法用言語形容的神聖感。

「……沒問題，一切都會順利的……一定會。」

旁邊的克萊因也強力地肯定亞絲娜的自言自語。

「是啊。那麼，我們也再去努力一下吧。」

「嗯。」

點點頭後就再次轉向最前線的亞絲娜——

注意力被掠過視線角落的某樣東西吸引，倏然停止動作。

——是什麼呢。某種，又黑……又暗，像汙漬般的……

讓視線徘徊了一會兒的亞絲娜，終於找到了那個東西。

並排在參拜道路路口的巨大神像。

其右側最前面的石像頭上站著某個人。

因為逆光的緣故看不太清楚。像是從黑暗領域的紅色天空中滲出一般的搖晃黑影。

是從戰場逃走的美國人嗎？還是自願前去偵查的日本人？

疑惑的亞絲娜凝眼一看，就了解那道剪影之所以會詭異地搖晃，是因為罩著一件黑色短版斗篷的緣故。由於兜帽被深深拉下來，所以完全看不見對方的臉。

但是……

「克萊因啊，你不覺得……」

克萊因準備往前線跑去時，亞絲娜就一邊拉著他的衣袖一邊伸出左手。

「站在那裡的那個人，有種似曾相識的感覺？」

「咦……？哎呀，竟然在那種地方看好戲。真是的，到底是誰啊……問我有沒有見過嘛，穿著那種雨衣的話，臉……怎麼……」

克萊因的聲音突然中斷了。

亞絲娜把視線移過去，就看見滿是鬍渣的臉已經蒼白得跟紙一樣了。

「喂喂，你是怎麼了。你想起來了嗎？那個人是誰？」

「不……不可能。不可能有這種事……我看見……亡靈了嗎……？」

「亡……亡靈……？這是怎麼回事？」

「因……因為，那件黑雨衣，不對，是皮革斗篷……是微笑棺木的……」

聽到這個單字的瞬間——

亞絲娜也有腦袋中央逐漸變得像冰一樣冷的感覺。

微笑棺木。正式名稱「Laughing Coffin」。從死亡遊戲ＳＡＯ的中期到後期，一直在浮游城艾恩葛朗特裡散布恐懼的最強殺人者公會。

「赤眼沙薩」與「Johnny Black」等知名ＰＫｅｒ多隸屬於該公會，他們對無數的一般玩家伸出毒手……最後在與攻略組玩家的共同討伐隊進行死鬥後遭到毀滅。

那場戰役之後，幾乎所有微笑棺木的成員都不是戰死就是被送進黑鐵宮裡，但是只有一個人成功脫逃了。不知道為什麼突襲的基地當中看不到公會會長，那名不論是直接、間接都是在SAO內殺了最多玩家的男人。而他的名字是——「PoH」。

經常穿著黑色皮革斗篷，裝備著切肉菜刀般大型刀具的殺人鬼，經過兩年的時間後，在Underworld當中低頭看著亞絲娜與克萊因。

「…………不會吧。」

亞絲娜也只能用沙啞的聲音這麼呢喃。

那是幻覺。自己看見亡靈了。

消失。快消失啊。

但是在太陽熱氣底下搖晃的黑色剪影，就像是在嘲笑亞絲娜的願望一般，緩緩地抬起右手。然後以調侃的動作輕輕左右揮了揮。

接下來的光景——

可以說是至今為止遭遇的最恐怖的惡夢。

黑色斗篷的身邊，像滲出來一樣出現了兩三條新的人影。

接著神像背後鄰接的巨大遺跡宮殿屋頂，就出現了一大群紅色集團。左側的宮殿屋頂上，一下子就湧出數十人規模的影子。

——不要啊。已經夠了。

亞絲娜拚命地祈禱。她的心靈已經無法承受更多的絕望了。

但是……

新出現的紅色軍隊，卻像是永無止盡般不停湧出。一千、五千、一萬人。

終於超過三萬人時，亞絲娜就放棄掌握人數了。

不可能。

才剛讓多達五萬名美國人玩家伴隨著痛苦登出Underworld而已。應該不可能在這麼短的時間內重新準備如此龐大的軍隊。而且也不可能是日本人。要是在日本以假網站誘導玩家前來Underworld的話，克萊因他們一定會率先注意到才對。

這是幻覺。那全是用術式製造出來的，沒有實體的影子。

不知不覺間，在前線和美國人玩家的戰鬥中幾乎已經獲勝的日本人玩家們也停下手回過頭來。廣大的戰場上，籠罩在奇妙的寂靜當中。

鼓譟鼓譟。鼓譟鼓譟。

完全掩蓋宮殿屋頂的紅色龐大軍隊所散發出來的鼓譟，彷彿不祥的風聲般傳到亞絲娜耳朵裡。

無法立刻聽出混雜、融合在一起的聲音是什麼語言。拚命豎起耳朵之後，才好不容易聽出由幾道較大的聲音說出的句子。

……우리 나라를 지키라（保護我們的國家）。

……피겁한 일본인（卑鄙的日本人）。

……幹掉你們。

那不是英文。也不是日文。

這個時候，旁邊的克萊因以幾不成聲的聲音呢喃著：

「啊啊……糟糕……這下糟了……那群大軍的來源不是日本也不是美國……」

亞絲娜一邊感覺冷汗從背後流下，一邊聽著他接下來的話。

「……而是中國與韓國。」

3

首爾市鍾路區清進洞的某間ＶＲ房，可能是因為附近的大學才剛放暑假的緣故吧，裡面顯得有些混雜。

完成入店手續，在飲料吧用紙杯裝了可樂之後，趙月生就在包廂的總統座椅上躺下來，然後呼一聲吐出長長一口氣。

感覺最近時常嘆氣。理由他自己也清楚。今年二十歲，大學二年級的月生，到了明年就得休學進入軍隊服兩年兵役。

因為只要三十歲之前入伍就可以，所以如果想延役的話也完全不成問題，但沒有在就學中完成兵役的學生，在求職時將背負極為不利的條件。身邊的學生們幾乎都在二年級時休學並且入伍服役，父母親也要自己這麼做，所以也無處可逃了。

啜了一口碳酸不足的可樂後，再次嘆了口氣。

雖然也對沒有體力的自己能否撐過嚴格的訓練、會不會在部隊裡遭受霸凌感到有些不安，但最讓人憂鬱的是要被奪走現在的生活長達兩年的時間。不過他所說的並非現實世界的生活。

而是剛入學在朋友邀約下有了初次體驗之後，就持續讓月生著迷的虛擬世界——沒有辦法潛行到裡面，對他來說可能比任何訓練都要痛苦。

「………部隊裡如果能有這個……」

這麼呢喃完後，就拿起掛在桌子掛物架上面的完全潛行用機器——「AmuSphere」。因為是許多人利用的ＶＲ房裡的備品，所以不論外裝或者內裝都相當老舊，但在月生眼裡它還是發出像天使光環般的亮光。

三年前在日本——二〇二三年發售的這台機器，隔年就開始在全世界販售，即使在原本線上遊戲就相當興盛的韓國也造成了很大的轟動。原本被稱為「ＰＣ房」的網咖不斷變成設有AmuSphere的「ＶＲ房」，年輕人們都為日本製或美國製的ＶＲＭＭＯＲＰＧ而著迷。

月生持續玩了一年半的「新羅帝國」，也是在韓國廠商將日本開發的「飛鳥帝國」本土化後發行的遊戲。不只是將內容翻譯過來，連街道、角色以及任務內容都修改成韓國古代的新羅王朝，開始營運之後一直保有最受歡迎遊戲的地位。

另一方面，玩家之間也一直傳出希望能有純國產遊戲登場的聲音，也有不少企業準備利用完全免費的「The Seed」程式套件來開發新ＶＲＭＭＯ遊戲。但是該程式套件本來就是日本製，而且也有不連線到建構在日本的龐大「The Seed連結體」就無法發揮所有機能的問題，但是現在日本的ＶＲＭＭＯ又幾乎都阻絕來自韓國與中國的連線。因此一直很難有品質能與「新羅」

等輸入遊戲並駕齊驅的新作，韓國人玩家目前持續處於欲望無法得到滿足的狀態當中。

——看來在入伍之前玩到國產遊戲的願望是無法實現了……

把這樣的思考隨著再次的嘆氣屏除在外，月生重重倒到座椅的椅背上後，就將AmuSphere戴到頭上。

「……開始連線！」

說出唯一全世界共通的聲音指令，接著閉上眼睛。

穿越七彩放射光，輸入VR房的使用者ID與密碼，降落到個別捷徑工具空間的月生，立刻準備擊點新羅帝國的圖像。

但是在那之前，就注意到浮現在黑暗空間右側的SNS視窗，正以猛烈的速度捲動。看來是追蹤的數百個帳號，全都持續在回推同一個消息。

「…………怎麼了？」

覺得奇怪的他把捷徑工具組移到左邊，將SNS移到正面。點了一下消息並且加以擴大。

接著發出聲音念出顯示在上面的推特。

「嗯……韓國、美國、中國的民間志願者共同創立的全新VRMMO封測伺服器……現在被日本玩家駭入，封測玩家正遭到攻擊……！有這種事？」

老實說，內容有點讓人難以相信。但是推特尾端附上了似乎是影片的URL，於是月生就在半信半疑的情況下點擊網址。

播放視窗打開，下一刻——

「前衛，突擊！」

傳出大聲量的勇猛叫聲。對於經常觀看日本動畫的月生來說，光聽聲響就立刻了解那是日文了。

畫面上，身穿銀色裝備，看起來像日本人的玩家們，正在襲擊全身是暗紅色裝備的玩家，然後不斷把他們幹掉。每當發出光芒的劍揮動就會有大量鮮血飛濺，接著是英文的咒罵聲與悲鳴響徹現場。

由於完全沒有對殘酷表現加上限制，所以這是封測伺服器不會錯了。正如推特上所寫的，日本人玩家看起來正單方面虐殺美國人玩家。

經過三十秒，動畫結束之後，月生有好一陣子都處於茫然狀態當中。

說到「伺服器攻擊」，一般都是增加負荷來讓營運停止，或者是竄改網站，還是第一次聽說……直接潛入ＶＲ世界，對封測玩家進行實際攻擊的例子。如果相信動畫內容的話，情況應該正如消息當中所描述，但不知道為什麼就是有種不對勁的感覺。

沒錯……影像裡裝備性能與能力值都占上風的日本人玩家幾乎是單方面驅逐著美國人玩家。但是飄盪著拚命氣氛的，並非遭到攻擊的美國人，而是發動攻擊的日本人。伺服器攻擊明明是相當常見的惡搞，看起來卻像真正的……賭上性命的戰鬥……

這時候，響起「嗶啵」這種尖銳的鈴聲，讓嚇了一跳的月生抬起頭來。

注意到月生上線的「新羅」內公會的伙伴，向他提出語音聊天的要求。按下允諾鍵後就出現新視窗，一道迫切的聲音呼喚著月生的角色名稱。

「喂，Moon Phase，你看到那條推特了嗎？」

「嗯……嗯嗯，剛才看到了……」

「那你怎麼還這麼悠閒，快點下載用戶端程式啊！」

「用……用戶端程式？」

急忙把視線移回SNS上，讓推特接下來的消息顯示出來。

上面寫著——為了營救遭到日本人卑劣攻擊的封測玩家，現在徵求韓國的VRMMO志願者。希望願意提供幫助者下載連線用用戶端程式，並且安裝到AmuSphere裡面。

「……這個嗎……——桓雄，你覺得這是真的嗎？」

「那還用說嗎，你沒看到剛才的動畫嗎？在跟你說話的這段期間，我們的同胞也正被殺害啊！」

「我是看了……但是，那個動畫……」

月生雖然準備說明剛才內心不對勁的感覺，但馬上就被打斷了。

「別管那麼多了，快點安裝吧！明完和Helix都潛行進去了，我也在那邊等你喔！」

結束語音聊天後，捷徑工具空間就被寂靜所包圍。

雖然還有許多無法接受的部分，但公會伙伴好像幾乎都參加了，所以要是這樣無視到底的話，之後不知道會遭受什麼樣的批評。潛行進去看看應該就能獲得更多情報吧——而且，仔細一想就覺得，也有可能這場騷動全都是那款新遊戲的突發性活動。這樣的話，不去參加的話就虧大了。

下定決心的月生點擊下載鍵，接著將用戶端程式安裝到AmuSphere裡後，捷徑工具組就出現新的圖標。點擊只在紅色且沒有圖案的背景並排著「ＨＥＬＰ　ＵＳ」幾個黑字的圖標，月生的意識就被吸進另一個世界裡去了。

＊＊＊

克里達即使把來自中國與韓國的大量連線引導至Underworld，也依然處於半信半疑狀態。

按照瓦沙克．卡薩魯斯再次潛行前的指示，也在位於日本西北方的兩個國家裡撒下大量的Underworld連線用用戶端程式，但是在作業當中有好幾次都感到懷疑。

——因為，日本人和韓國人不是都一樣嗎？

在美國，有許多人不知道日本與韓國的國土沒有鄰接。也有人認為它們都是中國的一部分。克里達雖然沒有那麼誇張，但一直認為三國是相當友好的國家。不像ＥＵ的國家之間那樣有錯綜複雜的關係。

所以克里達完全無法理解瓦沙克留下來的指示。

由於沒有時間製作新的假網站，所以便利用ＳＮＳ來擴散情報。一開始的推特，內容是「由美中韓的志願者共同創立的私人ＶＲＭＭＯ伺服器遭到日本攻擊！」。

接著又在推特上加了「想獨占The Seed連結體的日本人玩家駭入伺服器，擅自產生強力的角色來攻擊美國、中國與韓國封測玩家。伺服器裡還沒有疼痛緩和裝置與倫理規範，因此同胞們正隨著劇烈的痛苦遭受虐殺」的說明，然後又上傳擷取自Underworld之內的戰鬥影片。

映照出來的，其實是人界的騎士與士兵擊退美國人玩家的畫面，但Underworld人也是說日文。影片似乎造成相當大的衝擊，回推數以猛烈的速度增加，美國玩家下載用戶端程式的速度根本完全無法比較。

啞然的克里達心裡想著。

——這種情況，簡直就好像日本和中國．韓國的ＶＲＭＭＯ玩家的感情不好嘛。

＊＊＊

——看起來，甚至可以說彼此之間互相憎恨呢。

以過去率領殺人公會「微笑棺木」時的角色——「PoH」再次潛行到Underworld的瓦沙克．卡薩魯斯，黑色兜帽底下的臉龐咧嘴浮現出笑容。

他高舉起右手，用韓文對著背後紅色玩家們大叫：

「——給那些入侵者好看！好好地痛宰他們，讓他們再也不敢對我們的同胞出手！」

應該不下五萬人的龐大集團，隨即以兩種語言爆出憤怒的咆哮。在他們眼裡，遭到日本人玩家殺害的美國人集團，應該都變成同國籍的封測玩家了。

瓦沙克忍受發出鬨笑的衝動，猛烈地揮落右手。

發出「沙啊啊啊啊啊！」的雪崩般聲響，深紅的龐大軍隊朝著眼睛下方的日本人跳下去。

——來吧，互相殘殺吧。醜惡地、狼狽地、滑稽地跳舞給我看。

＊＊＊

「……來了。」

詩乃在嘴裡這麼呢喃。

終於可以看見黑色虛線如絲線般往這裡延伸。

這個時間點已經把「殲滅光線」裝填到最大威力，希望能在敵人實體化之後就立刻把他轟飛。這樣的話，應該就無法防禦與迴避才對。

但是，現在應該做的是幫忙爭取時間。如果敵人可以無限生成高等帳號的話，立刻讓他死亡根本沒有意義。

先讓對方與自己進入持久戰，然後確認敵人的對應。如果露出珍惜生命的模樣，就能判斷是只可使用一次的寶貴帳號。那個時候再全力攻擊，讓他再也不能用同一個帳號登入就行了。

但是，萬一是量產型的帳號，就不能直接把他殺掉。必須盡可能把戰鬥延長下去，幫愛麗絲爭取移動到「世界盡頭的祭壇」的時間。

因此詩乃沒有拉動弓弦，只是在空中盤旋等待著敵人完成實體化。

黑色符號線條降落到幾分鐘前騎士長貝爾庫利的遺體所躺著的地點。

整合騎士愛麗絲把騎士長的遺體放在另一頭飛龍的鞍上。據說是要把他託付給在人界等待著的女性整合騎士。

一詢問「是情敵嗎？」，愛麗絲就稍微露出微笑來這麼回答。她說：「我的情敵是妳。」

——真是的。

聽她這麼說，可就沒辦法隨便登出這個世界了。在桐人清醒的那個瞬間來臨前，無論如何都要留在這個世界裡。

詩乃再次把決心刻劃在胸口，持續凝視著岩山。

黑線和平坦的頂端中心部接觸，逐漸形成黏液質的水灘。

它有著宛如通往地獄的無底洞般濃厚、深沉的顏色。

線條最後被水灘吸進去，然後——

噗通。

表面揚起小小波紋，下一刻，一隻右手無聲地伸出。看見細長的五根手指頭在空中蠢動，詩乃背後就閃過一道類似惡寒的戰慄。

忍受著現在立刻把他燒盡的衝動，詩乃靜候敵人完成實體化。

左手也接著右手之後流暢地出現，抓住了水灘的邊緣。

發出潮濕水聲的情況下，出現了男人的頭部。

——意外的是，那是臉部沒什麼特徵的虛擬角色。至少不是什麼俊男的感覺。頭上頂著緊貼著般的短金髮，另外還有細細的鼻梁與單薄的嘴唇，雖然是白人族群的外表，但莫名給人平淡的印象。

這真的是那個原本操縱闇神貝庫達這個超級帳號的人重新出現的姿態嗎……當詩乃感到疑惑的時候——

上半身從水灘裡爬出來的男人，那藍色玻璃珠般的眼睛就到處亂動，接著捕捉到上空的詩乃。

詩乃瞬間覺得奇怪。

好像在哪裡看過那雙眼睛。宛如反射一切，然後又可以將一切吸收進去般，沒有任何感情的眼睛。

看見詩乃的那雙眼睛稍微瞪大。接著嘴唇露出有些扭曲的微笑。

不會錯。我曾經看過。我知道這雙眼睛……這副臉孔。而且還是最近才在某個地方——

詩乃茫然往下看的前方，水灘在男人一口氣爬出來時發出「噗通」一聲黏稠的聲音。

外表看起來也有點奇怪。可能是至今為止的裝備自動轉移過來吧，身上完全看不到華麗的金屬鎧甲。在上下半身同樣是深灰色的服裝上套著皮革背心，腳上則穿了雙軍靴。看來簡直就像現實世界裡的士兵所穿的戰鬥服。武器則是左腰上的長劍與右腰上的十字弓。

即使男人完全脫離，黑水灘也沒有消失。驚人的是那灘水竟然從地面剝離，像是生物般蠢動著。不對，實際上就是生物。剝離的部分細細地往外伸長，化成羽翼急速拍打翅膀。

那是和鳥與飛龍完全不同的奇怪模樣。如臉盆般平坦的身體前部，黏著四顆圓滾滾的眼球。左右兩邊則是蝙蝠般的翅膀，然後後面還有一條宛若蛇一般的尾巴。

謎樣的有翼生物，載著身穿戰鬥服的男人拍打翅膀離陸後，就上升到跟詩乃同樣的高度。生物就在距離詩乃正面三十公尺處的位置盤旋，而該生物背上的男人則再次露出淺笑。

不知道有什麼打算，只見他把空著的雙手往前伸出。認為他可能是要使用咒文還是某種手段的詩乃擺出戒備的姿勢，但並不是這樣。男人把雙手彎成抓住詩乃脖子般的形狀後，就做出勒緊的動作。

瞬間，詩乃終於想起來了。從她的嘴唇裡發出沙啞的聲音。

「…………Subtilizer…………」

不會錯的。那個男人是在短短兩週前舉行的Gun Gale Online的ＰｖＰ大賽，「第四屆Bullet of Bullets」決賽裡，從詩乃背後以裸絞幹掉她的美國人玩家。

但是，為什麼那個男人會在這裡？

詩乃忘記架起弓箭，只是持續因為愕然而瞪大雙眼。

＊＊＊

金字塔形的自走式人工母船Ocean Turtle中央部，是被高強度鈦合金製的堅固主軸所貫穿。

高達百公尺的圓筒狀軸體最底部，存在著被複數防護牆保護的主機、壓水式反應爐。其上方則是被占據的主控室以及第一ＳＴＬ室。

Underworld，甚至可以說是Alicization計畫中樞的LightCube Cluster就擺設在更上方的位置。到此為止就是下軸的部分。

軸體在Cluster上方被水平延伸的耐壓隔板阻隔開來。被稱為上軸的隔板上側，設置了巨大冷卻設備、ＲＡＴＨ工作人員前來避難的副控室，以及桐谷和人與結城明日奈使用中的第二ＳＴＬ室。

七月七日上午九點。一架人形機器人開始自行從設置在上軸船首側的階梯往下走。它是ＲＡＴＨ開發出來的實驗機「一衛門」。三名武裝的自衛官像是守護著腳步蹣跚的它一樣跟在後面。

同一時間，兩名矮小的人類正以僵硬的動作，從設置在軸體船尾側光纖導管內的梯子往下爬。

——沒有密室恐懼症、懼高症與黑暗恐懼症真是太好了。

比嘉健雖然試著這麼鼓勵自己，但是也有種在這種極限的狀況之下，有沒有恐懼症根本無所謂的感覺。

因為在橘色的緊急照明燈照耀之下的導管，一直往正下方延伸了長達四十公尺。要是被汗濡濕的手一滑，或是發抖的腳沒有踩穩的話，將會與遙遠下方封閉導管的耐壓隔板猛烈撞擊，品嘗到讓人高興不起來的感覺。

早知道是這樣的話，就應該讓柳井研究員先往下爬。這樣至少可以不用一直在直向洞穴裡看著正下方。

——說起來呢，明明表示要幫忙擋子彈，結果到了這裡就說「你先請吧」，這到底是怎麼回事。

比嘉以有些怨恨的思緒，往上瞄了一眼攀在數公尺上方梯子上的柳井。

但是看見他白皙的臉變得更蒼白，以拚死的表情緊握著梯子的模樣後也就沒辦法抱怨了。其實光是自願參加這個危險任務就相當了不起，另外插在柳井先生皮帶上的自動手槍也多少讓人覺得膽子大了一些。

再次把視線往下移的同時，左耳的耳麥就傳來冷靜的聲音：

「怎麼樣啊，比嘉。有沒有問題？」

聲音是來自從頭上的艙口把頭伸進導管裡注視著兩個人的神代博士。

比嘉以沙啞的聲音對嘴角的麥克風呢喃：

「嗯……嗯嗯，還可以。應該再五分鐘左右就可以下到耐壓隔板的地方了。」

「了解。等你們那邊準備好，就會對一衛門小組做出闖入的指示。比嘉你們要在敵人的注意力被一衛門吸引過去並且開始攻擊時才能打開隔板喔。」

「了解。嗚哇喔，開始有種『不可能的任務』的感覺了。」

「拜託把任務變可能吧。我有種Underworld內部狀況的變化，也與桐人小弟的復活有很大關係的感覺……抱歉，柳井先生，那個孩子就拜託你了。」

聽見神代博士後半段發言的對象．柳井研究員以沙啞的聲音回答了聲「了解！」，比嘉就露出了苦笑。

——那個孩子嗎？

比嘉搖了搖頭，用曾幾何時已不再流汗的手掌緊握住鋼鐵梯子。

一往正下方看去，發現不知不覺間隔板已經相當靠近了。

＊＊＊

克里達茫然望著從中國、韓國潛行過來的玩家在螢幕上形成巨大雲朵蠢動的模樣，這時突然響起的警報讓他瞬間跳了起來。

「怎麼了……！」

急忙環視操縱臺周圍，就注意到右側副螢幕上有一顆紅色警示燈正在閃爍。

「喔哇……耐壓隔板的封鎖被解除了！誰……誰去看一下通道！」

才剛叫完，高大的突擊隊員漢斯就抓起突擊步槍，以脫兔般的動作跑了出去。

「喂，我才剛拿了一手好牌啊，可惡！」

抱怨了一聲，把湊成同色的撲克牌丟到地上的大鬍子布里克也從後面追了上去。

難道裝備的火力占絕對劣勢的ＲＡＴＨ，竟然自暴自棄地發動了神風攻擊？還是有什麼計策……？

克里達也離開操縱臺，往主控室的門靠去。現在電梯的電源已經關掉，真發生什麼事情的話應該是從樓梯吧。漢斯與布里克似乎也做出這樣的判斷，所以可以聽見用力踢著金屬踏板的腳步聲。

腳步聲忽然中斷，接著響起粗豪的吼叫。

「Woah！」

「Are you kidding？」

然後是步槍的連續射擊聲。

＊＊＊

比嘉已經感覺到透過光纖導管傳來「喀噠噠噠噠」的自動步槍清脆射擊聲。

現在主軸的另一邊，可憐的一衛門全身的肌肉筋膜與鈦金屬骨骼應該都被開了不少洞。但是，電池與控制系統都裝設在背部，所以就算被擊中也還能行動一陣子才對。

「可以了！打開耐壓隔板的艙門！」

在耳麥響起神代博士聲音的同時，比嘉就灌注全身的力道，旋轉阻隔導管的耐壓艙門上面的把手。油壓阻尼器隨著「噗咻」一聲動了起來，舉起厚重的金屬蓋。

隔板的後方，下軸側的導管也在昏暗的橘色緊急照明燈照耀之下。在軸體另一側的樓梯間所進行的戰鬥聲，音量忽然大為增加。

比嘉吞了口口水，然後重新揹好裝有小型筆電的背包，鑽過比導管還要窄的艙門。接著再次把腳放到梯子上，重新開始往下爬。

——這種時候，動作電影都會誇張地大叫吧。

「……ＧＯＧＯＧＯ！」

在嘴裡這麼呢喃，就從耳麥當中傳來凜子疑惑的聲音：

「咦，你說什麼？」

「沒……沒有，沒什麼……距離導管的檢修用電子連接器只剩十公尺……啊，看到了，就是那個！」

配置在導管壁上的數條粗大光纖線，直接被黑色面板箱所吞沒。把筆電連接到裡面的檢修用電子連接器，理論上就可以直接操縱第二ＳＴＬ室的三號機與四號機，以及放置在距離遙遠的六本木分部裡頭的五號機與六號機了。

——等著吧，桐谷小弟。現在就讓你醒過來！

忘記了恐懼心，再次拚命持續從鐵梯往下爬的比嘉，耳麥裡再次傳出聲響。

「那我到副控室監控桐人小弟的搖光。比嘉，加油！」

被神代博士——過去稱呼為凜子學姊的人，用簡直像是回到學生時代般的方式鼓勵，比嘉忍不住就抬頭往上看。

但是進入視界的，卻是以拚死的表情爬下鐵梯的柳井。

感到無奈的比嘉只能把視線移回靠近的面板箱上。

＊＊＊

從留下激鬥痕跡的岩山頂上出現的戰鬥服男，把視線往南方移去後，就用無機質的口氣呢喃著：

「……愛麗絲逃走了嗎？算了，馬上就能追到……」

接著再次看著詩乃，臉上露出淺笑。

「……我和妳確實是在Gun Gale Online的大賽裡戰鬥過吧。名字應該是……『詩乃』吧？沒想到會在這種地方遇見妳。」

一邊聽著闇神貝庫達，同時也是Subtilizer的這個男人發出某種不像人類的聲音，詩乃一邊拚命想壓抑下雙手的發抖。但是手指卻變得僵硬，手掌滲出汗水，隨便亂動的話好像連索魯斯之弓都要掉到地上了。

搭乘在圓盤狀有翼生物背上的Subtilizer，在依然掛著無溫度笑容的情況下，以流暢的日文繼續表示：

「這是怎麼回事呢？我聽說日本國內已經沒有STL存在了……妳是RATH的相關人員嗎？還是說，妳是連這種地方都要來的傭兵？」

詩乃好不容易動著乾到極點的嘴唇，以沙啞的聲音詢問：

「Subtilizer……我才想問你為什麼會在這裡！」

「當然是因為，這是必然的結果啊。」

Subtilizer像是難以抑制高興的心情般張開包裹在灰色戰鬥服下的雙臂，接著繼續說：

「這是命運。是靈魂的力量讓我和妳互相吸引。」

他的口氣逐漸改變。連發出的聲音溫度都開始變低。

「沒錯……我想得到妳。所以才會像這樣相遇。這樣應該可以了解許多事情了吧。像是介由ＳＴＬ，除了能從人工搖光之外，究竟能不能從現實世界的人類身上吸取靈魂……還有，妳在ＧＧＯ的大賽裡無法讓我品嘗的靈魂，究竟會有多麼甘甜。」

聽見這異樣的一段話，詩乃腦袋裡瞬間就重新浮現眼前這名男人在第四屆ＢｏＢ的最後決勝負階段發出的聲音。

——Your soul will be so sweet。

——妳的靈魂一定相當甜美吧。

詩乃的身體變得更冷。除了全身僵硬之外，甚至連呼吸都變得不規則。

「那麼……過來這裡吧，詩乃。把一切全交給我。」

Subtilizer的藍色眼睛發出冰冷的光芒。

「滋」一聲沉重的聲音過後，世界整個歪斜了。

空氣、聲音甚至連光線都一邊扭曲，一邊被吸進Subtilizer眼裡。

「這………」

這是怎麼回事？

甚至連這樣的思考，都被強烈的磁力吸進去。

——不行。必須抵抗。我得要戰鬥。

在內心角落這麼大叫的聲音，不知道為什麼卻顯得極為細微。

最後，詩乃包裹在藍色鎧甲底下的身體，就開始被Subtilizer張開的手臂吸引了過去。

失去力量的左手指尖，好不容易才維持掛在弓弦上的姿勢，而詩乃則無聲地在空中橫移。

幾秒鐘後，在朦朧的意識當中，詩乃感覺自己的身體被名為Subtilizer的濃稠黑暗包裹住。

男人的左手繞過她的背後。右手指尖掠過臉頰，把蓋住耳朵的頭髮撥開。

Subtilizer單薄的嘴唇靠近露出來的左耳，宛如冰冷黑水般的聲音直接潛入腦袋裡。

「詩乃。妳曾經想過『Subtilizer』這個名字是什麼意思嗎？」

「…………？」

依然全身脫力的詩乃左右搖了搖頭。

「很像從美國人會喜歡的『Satori』這個名字改過來的吧？但是呢，這是貨真價實的英文。拼法是『Subtilizer』。意思是『研磨者』『磨薄之物』『選擇者』……以及『偷盜者』。」

Subtilizer在詩乃眼前近處的雙眼發出更強烈的光芒。

「我要把妳偷走。我要偷走妳的靈魂……」

＊＊＊

趙月生降落的地點是滿是龜裂與青苔的石頭上。

那不是天然石而是經過加工的物體。看來是在神殿般超大型建築物的屋頂。四周圍擠滿先潛行到此的韓國人玩家，數量有數千……甚至超過一萬人以上的規模。

由於沒有選擇虛擬角色的程序，所以細部和武器雖然有所不同，但所有人的裝備都統一成暗紅色。月生望了一陣子自己戴著同色護手的雙手，然後才把視線移到前方。

雖然因為人牆而看不太清楚，但神殿前方的平地上，戰鬥現在似乎依然持續當中。但周圍的韓國人之所以一動也不動，是因為大局早已底定了吧。似乎是日本人玩家的彩色集團，幾乎把和月生他們同樣是全紅色的集團驅逐殆盡，部隊雖然已經重整，但完全聽不見感到痛快的聲音。

果然有點不對勁。但是又無法立刻說出究竟是哪裡奇怪。

至少不是潛行前所想像的那樣，是某種新遊戲的促銷活動。全是泛紅天空與黑色地面的練功區實在單調到了極點，潛行前完全沒有顯示注意事項也都是正規活動不可能出現的情形。

但就算這樣，也無法完全相信推特的內容。說起來，進入封測伺服器內，在遊戲裡殺掉封測玩家究竟有什麼意義？即使可以給對方一時的痛苦與屈辱，遊戲開發也不可能因為這樣而延遲或者是中止吧。

月生周圍的韓國人也有將近半數露出狐疑的模樣。「該怎麼辦才好？」「那些傢伙真的是日本人嗎？」開始可以聽見一些這樣的聲音。

——但是，就在這個時候。

「同胞們！」

從右前方可以聽見用韓文的呼喚。

雖然挺直背桿把視線移過去，還是被大量的玩家遮住而看不見發言者。但是人牆的上空，可以看見飄浮著「ＬＥＡＤＥＲ」這樣的紅色浮標。從那個方向再次傳出同樣的聲音。

「非常感謝你們回應我的呼喚！很可惜的——原本在這個地方進行封測的玩家們，已經被日本人的入侵者，不對，應該說侵略者給殺了！但是那些傢伙準備移動到其他測試地點去做同樣的事情！」

下一刻——

月生感覺到數千人的集團產生了明確的怒氣。

點起韓國人玩家怒火的，應該是侵略(침략)這個名詞吧。不少玩家原本應該感覺到的猶豫與困惑迅速煙消雲散，逐漸換成帶著熱氣的敵意支配現場。

「……피겁한 일본인(卑鄙的日本人)！」

某個人這麼大叫，接著又有零碎的怒罵聲。等聲音止歇後，「ＬＥＡＤＥＲ」再次用響亮的聲音發言：

「日本人駭入伺服器，隨心所欲地製造出高性能的裝備！而管理者權限被奪走的我們，只能為各位同胞準備預設的裝備！但是你們的正義與愛國心，應該不輸給任何劍與鎧甲才對！」

隨即有更大的叫聲回應了這樣的呼喚。

「……우리 나라를 지키라(保護我們的國家)！」

接著距離右側相當遙遠的地方也響起韓文之外的巨大怒罵聲。

「幹掉你們！」

雖然不了解意思，但月生也聽得出那是中文。看來也有與韓國人差不多數量的中國人玩家聚集在這裡。

在急遽升高的熱氣當中，月生的不對勁感依然沒有消失。但同時也直覺沒有任何人可以阻止現場的趨勢了。

人牆後面，「領隊」高舉起戴著黑手套的右手。

「————Go！」

受到韓國人與中國人都能了解的命令，燃燒著熊熊怒火的紅色軍隊，就像一隻巨大的生物般帶著劇烈震動開始行動了。

＊＊＊

「人……人界軍！補給隊！全速前進——！」

亞絲娜在擠滿東西側遺跡宮殿屋頂的紅色大軍有所動作之前，就擠出聲音來這麼大叫。

人界守備軍的補給部隊正佈陣在遺跡參拜道路入口。而宮殿就往參拜道路的兩側延伸。也就是說，數萬名敵軍正擠在補給部隊的正上方。

「捨棄物資，馬車和術師現在立刻跑過來！」

雖然又做出這樣的指示，但還是來不及了。新加入戰局的，應該是中國與韓國的連線者們，已經跨越巨大神像的頭部，往補給部隊的正中央跳下來了。

亞絲娜咬緊牙關，高舉起右手的細劍。

把想像力集中在劍尖，然後猛烈揮下。七彩極光一直線迸出，直接擊中並排在參拜道路兩側的巨大神像。

雖然有快要把意識轟飛般的劇痛貫穿頭部，但拚命集中想像力後，眾石像就發出地鳴開始動了起來。它們張開四角形的嘴，揮舞著短手臂，開始攻擊擠滿宮殿屋頂的玩家們。

站在最前面的紅色士兵急忙飛退，結果和後方擠過來的同伴撞在一起，像骨牌一樣連鎖跌倒。趁著這個空檔，八台馬車與兩百人左右的修道士隊、補給隊開始移動。

亞絲娜能操縱神像的時間只有短短的三十秒左右，雖然因為再也無法忍受痛苦而跪到地上，但人界軍的後方部隊也總算脫離死地，成功退避到遺跡北側廣大的荒野上。五百人左右的衛士隊與兩千名日本人玩家往前進，擺出從兩側包圍後方部隊般的陣型來準備應戰。

但這個地點沒有什麼太特殊的地形，面對數萬名敵人只能被迫進行絕望的圓周防禦。之所以能辛苦地擊退數量遠優於己方的美國人玩家，完全是因為利用遺跡宮殿的牆壁把前線限定在一處，然後組成深厚回復輪值的緣故。被四萬將近五萬名中國、韓國人玩家包圍的話，前線崩壞只是時間上的問題。

「嗚…………」

亞絲娜擠出殘存的一點點力量站起身子，然後再次舉起細劍。

——拜託，最後……讓我製造能夠守護大家的堅固牆壁。

她一邊祈禱，一邊試著集中想像力。

但是——

隨即受到強烈電流貫穿全身般的衝擊，亞絲娜再次倒到地面。把湧上喉頭的液體吐出來，結果發現是少量的血。

「亞絲娜，別勉強自己！也給我們一些表現的機會！」

克萊因氣勢十足地叫著……

「沒錯，這裡就交給我們吧。」

艾基爾也以渾厚的聲音回應。

站在亞絲娜面前的兩個人，擺出長刀與兩手斧備戰的下一刻——

從一時混亂中恢復過來的紅色軍隊，這次真的開始從宮殿屋頂跳下來了。由於距離地面的高度有二十公尺，所以也有不少無法順利著地而四肢負傷，更因此而無法動彈的人出現，但後續的士兵就以受傷者為肉墊，毫髮無傷地降落到地面。

「돌격（突擊）——！」

「突——擊——！」

亞絲娜雖然沒有學過韓文與中文，但直覺告訴她兩種怒吼都是「突擊」的意思。

深紅軍隊往左右兩邊延伸並擠壓過來，而率先迎擊他們的是克萊因與艾基爾。

「嘿呀啊啊啊啊啊啊！」

「喔……啦啊啊啊啊！」

隨著足以讓空氣產生震動的吼叫，施放出長刀與斧頭的廣範圍劍技。白色與藍色的光線特效雙重閃爍，多達幾十名的敵兵隨著鮮血飛上天空。

在他們的左右兩側，ＡＬＯ的領主們以及他們的心腹，還有沉睡騎士的強者們也開始全力戰鬥。

宛如機關槍一般穿透全場的金屬聲。沉重響亮的單發爆炸聲。長劍、斧頭、長槍發出低吼，每當各種顏色的劍技炸裂，紅色士兵們就不停地被砍倒在地。

遭到壓縮的空氣發出摩擦聲，大軍的突進一瞬間停下來。

但那只是——

空手想擋住潰堤濁流淹沒自己般無謂的努力。

依然蹲在地面的亞絲娜，聽見從席捲著悲鳴與怒吼的戰場天空傳來細微尖銳的哄笑聲。

移動迷茫的雙眼，就看到遺跡宮殿的屋頂上，黑色斗篷男像在跳舞一樣扭動著身體。

＊＊＊

比嘉一邊聽著從主軸另一側斷斷續續傳來的槍聲，一邊以最快的速度走下梯子。

終於到達在橘色光線照耀下發出鈍重光芒的面板箱前面，就用僵硬的指尖把蓋子打開。

內部設置著擠滿雜亂光纖線的配線盤，一看見的瞬間難免覺得有些脫力，但比嘉還是撥開這些線找到了檢修用電子連接器。

終於要開始了。

用力吸了口氣，讓思考冷靜下來後，就從背包裡拿出連接線與筆電。接著把連接線的一端插進檢修用電子連接器，另一端插進電腦裡，再以祈禱般的心情起動操縱ＳＴＬ用程式。

全黑的視窗打開，左上方的浮標像要吊人胃口般開始閃爍。最後往右邊移動，顯示出目前的狀態。

ＳＴＬ＃３、Ｃｏｎｎｅｃｔｉｎｇ…………ＯＫ。

ＳＴＬ＃４、Ｃｏｎｎｅｃｔｉｎｇ…………ＯＫ。

首先是鄰接副控室的第二ＳＴＬ室的兩台回傳了正常的訊號。

接著也確定與經由衛星線路與Ocean Turtle連線的六本木分部的五號機、六號機連上線。

「……好！」

比嘉低聲呢喃著。這樣子應該就能操縱桐谷和人與三名少女使用的四台ＳＴＬ了。

可惜的是從主控室只能攔截連接第二ＳＴＬ室以及衛星天線的線路，所以無法對第一ＳＴＬ室的兩台出手。如果辦得到的話，就可以把從一號機與二號機潛行的襲擊者趕出Underworld了。

比嘉在這裡止住洶湧的思緒，為了趕緊進行作業而把右手放在小小的鍵盤上。

——要上嘍！

在他打起精神的同時，頭上就傳來尖銳的叫聲。

「…………不……不要動！」

那是柳井的聲音。在這種狀況下，忽然說這是什麼蠢話啊。

焦躁地抬起頭來的比嘉，看見的是在短短三公尺前方發出藍黑色光芒的自動手槍槍口。槍口後方，小小雙眼布滿血絲的柳井再次叫道：

「把手從筆電上移開！不移開的話，我就要開槍了！」

「…………啥？」

茫然自失的時間不到半秒鐘。

比嘉瞬時了解狀況，開始推測起他為什麼這麼做。

——就是這傢伙！

這個男人，柳井就是把Alicization計畫的情報外流給美國人的間諜。

但很可惜的是，沒辦法想出對策。從他乾渴到極點的嘴裡，發出完全沒有意義的問題。

「……柳井先生。為什麼？」

蒼白的額頭滿是斗大汗水的技術人員，嘴唇稍微痙攣了一會兒後，才擠出纖細的聲音：

「話……話先說在前面。可別把我當成什麼背叛者喔。」

——什麼叫當成，你分明就是啊！

就像聽見比嘉內心的狂吼一樣，柳井又繼續說了下去。

「我只是貫徹自己的初衷而已。老大的遺志就由我來繼承……我就是為此才潛入RATH的。」

「老……老大的遺志？你指的是誰啊……」

茫然這麼問完，柳井就用左手掃開垂在額頭的頭髮，一邊露出帶著些許瘋狂的笑容一邊回答：

「是你也很熟的人……就是須鄉先生。」

「什………………」

——什麼——！

受到比看見手槍時更強烈的衝擊，比嘉瞪大了雙眼。

須鄉伸之。與比嘉、神代凜子，以及那個茅場晶彥同一時期一起在東都工業大學的重村研究室裡就讀的男人。持續對於身為特異天才的茅場表現出露骨對抗心，但是終究沒能超越對方，不知道是不是這個緣故，竟然做出利用數百名SAO玩家來做違法人體實驗的犯罪行為。

他的陰謀在桐谷和人的活躍下被公諸於世，而遭到逮捕的須鄉對於一審有罪的判決提出上訴，目前還在東京高等法院打官司當中。

「……那個人還沒死吧。」

忍不住這麼呢喃，柳井就發出「嘻嘻」的尖銳笑聲。

「也跟死差不多了。最少也要被關十年吧，這對研究者來說就跟死沒兩樣。我也差點就被抓了，是把罪全都推給另一個員工，才好不容易逃過法網。」

「那麼你也……和須鄉的人體實驗有關……？」

「什麼有關而已，實際上記錄數據的就是我啊。像虛擬觸手之類的呢……還真是有趣的研究……」

——菊岡二佐為什麼會沒有檢查出這個罪犯的身分呢！

比嘉隨著急促的鼻息這麼想著，但立刻又覺得也不能怪他而嘆了口氣。

偽裝企業RATH設立的意圖，就是在幾乎由美國執牛耳的防衛技術基盤上，開出一條純國產的新路線。也就是會給既存的財閥型製造商與國防軍事公司的權益帶來威脅的存在。

因此，要尋找技術方面的工作人員可以說相當辛苦。幾乎沒有來自知名企業的應徵者，也難怪他們會非常歡迎曾經在RCT這種大公司的潛行技術研部門工作的柳井來此工作了。

比嘉視線的前方，柳井似乎暫時沉迷於過去的回憶當中，但立刻就又重新舉好手槍。握柄旁的安全裝置也確實已經解除。菊岡連技術方面的人員都施行過射擊訓練的周全準備，這時候卻造成反效果。

幸好柳井似乎還有尚未吐完的牢騷，所以用尖銳的聲音繼續著對話。

Ocean Turtle Main shaft

主軸

船尾

光纖導管

比嘉健

柳井

上軸
副控室

神代凜子

菊岡誠二郎

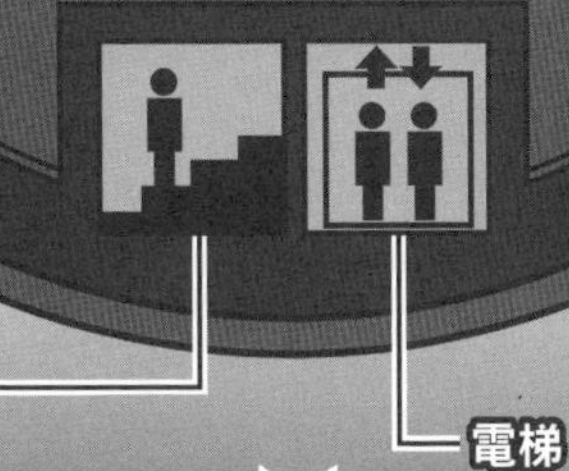

一衛門

電梯

船首

下軸
主控室

加百列・米勒

瓦沙克・卡薩魯斯

克里達

漢斯

「……嗯，老大的人生已經到了終幕，但那個人接上的線卻還有效。這樣的話，我不加以善加利用，就浪費了那個人的苦心了。」

「你說接上的線……指的是哪裡？」

比嘉反射性這麼問道，柳井稍微露出猶豫的表情，但最後還是咧嘴笑著回答：

「美國國家安全局。」

「你……你說什麼！」

比嘉雖然露出驚訝的模樣，但內心卻想著果然如此。

美國國家安全局在日本進行竊聽與訊號攔截等活動已經是公然的祕密，所以他們不可能對日本領先的完全潛行技術沒有興趣。從原本是須鄉部下的柳井這裡獲得Alicization情報的ＮＳＡ，甚至租借了海軍的潛水艇前來奪取「Ａ．Ｌ．Ｉ．Ｃ．Ｅ．」。

柳井以絲毫不感到愧疚的模樣繼續炫耀著：

「……下面的那群美國人順利回收愛麗絲的話，對方也保證給我龐大的獎金以及在那邊的職位。這正是須鄉先生所作的美國淘金夢啊。」

——不過之後世界就會因為美軍應該會配備的超高性能無人兵器而感到戰慄了。

比嘉拚命壓抑下想這麼反駁的衝動。現在必須盡量延長對話，抓住僅存的一點機會才行。

——凜子小姐，拜託一定要注意到啊！

強烈這麼冀求之際，左手差點就要放到筆電上，結果比嘉急忙又把手拉了回來。

「不……不要動！」

下一刻，柳井立刻用變調的聲音叫喚著，然後把槍口對準導管的壁面扣下扳機。黃色亮光一閃，膨脹的空氣讓兩耳產生刺痛的麻痺感。

導管的金屬壁上彈出火花——

劇烈的衝擊擊打了比嘉的右肩。

「咦！」

柳井發出驚訝的聲音。

＊＊＊

詩乃茫然眺望著近在眼前的兩顆藍色眼睛當中，宛如黑洞般旋轉的漆黑漩渦。

那與黎明時作的夢十分類似。

必須做些什麼才行。應該做了些什麼才對，但那是在作夢其實什麼都沒做。只是一直重複著幻影的輪迴。

冷冰冰的手指撫摸過她的脖子。內心產生強烈的厭惡感與恐懼，但是連這些情感都立刻被從意識當中吸出，換置成灰色的空虛。

——不行。

這已經不是在虛擬空間裡發生的非現實事故了。

這樣的認識，像紅色警戒燈一樣在頭腦角落閃爍著。雖然想把意識集中在上面，但黏稠的黑色液體不知不覺間已經連腰部附近都吞沒了。自己已經無處可逃。甚至沒有辦法抵抗。

男人的臉孔更加靠近。單薄的嘴唇噘起，嘶一聲吸進空氣。感情、思考，甚至連靈魂都隨著空氣一起被吸出去。

——住手。

——別把它們偷走。

連這樣的懇求都立刻被奪走，剩下來的就只有遲鈍的麻痺感。

「住……手…………」

男人的嘴唇靠近詩乃如此呢喃著的嘴唇。

啪嘰！

這樣的衝擊，突然間用力拍打詩乃的意識。

瞪大的雙眼，捕捉到從自己上衣領口飛散的銀色火花。

——好燙！

類似電擊的灼熱感，一瞬間超越了男人的吸引力。詩乃將稍微恢復的思考像子彈的雷管一樣炸裂，然後擠出全身的力量從男人的懷抱當中脫身而出。

她發揮索魯斯的飛行能力，與對方拉開相當遙遠的距離。

「…………嗚……」

詩乃一邊劇烈喘氣，一邊用右手從上衣內側拉出持續爆出火花的某樣東西。

那是吊在纖細鍊子上的泛白金屬板。直徑一．五公分左右的圓盤，邊緣開了個洞並且穿過鍊子。

「為……什麼……這個會……」

——在這裡。

詩乃感到驚愕並發出沙啞的聲音。

這是現實世界的朝田詩乃一直掛在脖子上的項鍊。它並不是什麼高價的物品。鍊子是不銹鋼製，金屬則是一般鍍了銀的鋁。

但是，這對詩乃來說是相當有意義的物品。

去年年末時詩乃被捲進「死槍事件」裡。

身為犯人集團其中一人的同班男生，以裝了猛毒Succinylcholine的高壓注射器襲擊詩乃時，趕過來的桐谷和人——桐人為了保護詩乃而左胸被注射了藥物。

之所以能防止劇毒侵入身體，靠的是他忘記從胸口撕下來的心電圖用電極。

詩乃在事件之後發現它掉落在房間的地板上，就把膠帶從電極上剝除，再把銀色的金屬元件加工成墜飾。總是掛著這條自製項鍊這件事情她一直都瞞著桐人和亞絲娜，在ＲＡＴＨ的六本木分部也是直接穿著衣服潛行，所以叫作平井的工作人員根本沒有看見這條項鍊的機會。

所以不可能發生這條項鍊在Underworld裡被實體化這種事情才對。

——但是……

桐人在Dicey Café裡這麼說過。他說ＳＴＬ製造出來的虛擬世界，不單純只是多邊形的物體。

他表示——那是由記憶與想像力所創造出來的另一個現實。

所以這條項鍊，是詩乃自身的想像力讓它出現的。

詩乃輕輕用銀色墜飾碰了一下嘴唇，然後把它放回衣服底下。

接著把完全恢復過來的意識，移向在遠處空中盤旋的黑色有翼生物。

生物背上，Subtilizer正默默地望著自己的右手。詩乃看見些許白煙從他的指尖冒出。

可能是感覺到視線了吧，抬起臉來的Subtilizer嘴角，稍微浮現出感到不愉快的感情。詩乃確實看著男人的臉，然後開口說道：

「你不是神也不是惡魔。只不過是人類。」

Subtilizer確實具有壓倒性的力量。他應該是用具有驚人強度的想像力來干涉詩乃的精神……也就是搖光。

——但是，想像力和集中力的話，自己也不會輸給他。

因為那對狙擊手來說是最重要的力量。

詩乃用雙手握住索魯斯帳號的GM裝備「殲滅光線」後，就凝眼瞪著它看。

閃耀白色光芒的長弓中央部位，開始變化成帶著藍光的黑色。

隨著變色範圍擴大，光滑彎曲的弓開始變成完全的直線。閃爍藍黑色光芒的長形筒狀物是鋼鐵的槍身。槍口、握柄、槍托依序出現，最後巨大的瞄準器像湧出來般實體化。

這時在詩乃手中的已經不是流麗的長弓。

而是粗獷、猙獰又無比美麗的50口徑反器材步槍——「Ultima Ratio Hecate II」。

拉起獨一無二搭檔的退彈桿發出尖銳的聲音後，詩乃就咧嘴笑了起來。

Subtilizer的鼻梁出現淺淺的皺紋，嘴唇帶著憤怒而扭曲起來。

＊＊＊

能稱為交戰的情況，只持續了短短的七分鐘。

之後的狀況是先經過三分鐘的防禦戰，再來就轉變成單方面的殺戮。

「死守下來……！無論如何都要保護Underworld的人們……！」

亞絲娜無視腦袋深處持續著的疼痛，一邊在最前線揮動細劍一邊放聲大叫。

但是已經聽不見整齊且令人放心的回答了。

周圍轉移過來後身穿各種顏色裝備的日本人玩家，一個一個被穿戴血一般紅色鎧甲的鄰國人包圍，然後用劍與槍亂刺一通。怒吼、悲鳴以及臨死前的叫聲不停響起。

和這比起來，美國人的重槍突擊還算是有辦法能夠應對。

新出現的大軍，不知道是從兩個國家潛行至此的緣故，還是因為燃燒著異常熾烈的怒火，讓他們不顧一切只以殲滅為目標。以複數人抓住目標的腳後將其拉倒，然後撲上去奪走對方的自由。以這種戰鬥方式的話，戰術終究是無法克服龐大的數量差距。

眼看著兩千人圍成圓形的防禦陣形遭到侵蝕並逐漸變薄。

亞絲娜拚命用細劍斬殺永無止盡般擠過來的士兵，一邊貫穿敵人的身體，一邊在內心呢喃著從昨夜潛行到Underworld以來首次的絕望發言。

誰來救救我們啊。

＊＊＊

在絕望的戰況當中，持續有著較活躍表現的部隊之一，是由在ALfheim Online裡擔任風精靈族領主的女性玩家——朔夜所率領的綠劍士隊。

風精靈族原本就擅長活用機動力的高速聯手攻擊。這種為了對抗把重點放在重裝玩家發動突進攻擊上的火精靈族而鍛鍊出的戰法，在這樣的混戰當中也發揮了一定程度的機能。輕裝的劍士們藉由令人眼花撩亂的動作互相掩護，讓敵人無法特定目標，總算能夠防止被一個一個拉倒。

「——好，由我們來打開突破口！龍膽隊、鈴蘭隊，把戰線推向右邊！」

自身也一邊在前線朝四面八方舞動細長長刀的朔夜這麼大叫。

和應該在右翼方向戰鬥中的火精靈隊會合，利用他們的突進力一口氣突破敵陣。讓支援部隊再次逃進遺跡的參拜道路，把戰線限定在狹窄的入口處的話，說不定就能像美國人時那樣，解決這數量龐大的敵人了。

「要上了！準備『同時劍技』！倒數，5、4、3……」

當朔夜指示到這裡的時候——

從負責的戰場左側傳來清晰明瞭的悲痛聲音。

「——大家不要放棄，盡量爭取一些時間！」

朔夜瞬時停止呼吸，將視線往左方移去。

裝備以黃色為基調的日本人部隊已經快要崩壞，似乎立刻就要被紅色巨浪給吞沒。在最前方則可以看見裝備在雙手上的金屬爪被按住，整個人被拖倒到地上的嬌小身影。

「亞麗莎！」

朔夜大叫著。瞬間，她就從冷靜沉著的指揮官，恢復成一名普通的女大學生。

「快住手——————！」

叫完後便單獨往左跑去。砍飛左右兩邊擋住去路的敵人，專心一志地往好友身邊突進。

貓妖族領主亞麗莎．露即使被長劍貫穿胸部與腹部，在注意到接近的朔夜後立刻發出急迫的聲音：

「不行，小朔快回去！回去指揮部隊！」

留下這最後一句話，從黃色頭髮伸出來的三角耳朵就從朔夜的視界裡消失了。

「亞麗莎——————！」

朔夜一邊迸發出近似悲鳴的聲音，一邊隻身闖入快要把貓妖隊擊潰的敵人龐大集團裡。她不斷使出劍技，在造成鮮血與肉片像雨水般飛濺的情況下不停前進。還差一點就要到好友剛才倒下的地方了……

咚咯。

隨著這樣的衝擊把視線往下移，就看到從背後貫穿右腹部後往前延伸的槍尖。

在虛擬世界首次嘗到的劇痛閃過神經，把全身的力量奪走。

即使如此她還是往前走了四步，但這時候虛擬角色卻脫離意識的控制，直接往前倒下。

下一刻，憎恨的風暴就吞沒了朔夜。愛刀被從右手奪走，左臂被從一半的地方砍飛，身體也不斷被銳利的金屬貫穿。

＊＊＊

潛行到現場的兩千名——雖然急遽減少中——日本人玩家當中，最能正確掌握目前狀況的是公會「沉睡騎士」的第三代會長安施恩／朱涅。

父親是在日韓國人，母親是日本人的朱涅能夠說兩國的語言。因此斷斷續續地聽見從紅色士兵口中丟出來的憤怒發言，讓她推測出他們是受到什麼樣的情報所煽動。

日本與韓國的網路使用者之間出現斷絕與衝突的情形，似乎是從朱涅出生之前的二〇〇〇年代初頭開始。這其中當然有許多原因，但網路的發達或許是加速斷絕的要因。

而這樣的發展，也不分青紅皂白地侵蝕了朱涅和伙伴們喜愛的線上遊戲世界。即使在二〇二六年的現在，主流ＶＲＭＭＯ的國際伺服器裡，日本人和韓國人或者中國人玩家互相爭奪練功場而造成嚴重衝突已經不是什麼稀奇的事。最近的遊戲幾乎都像ＡＬＯ那樣擋掉來自海外的連線，甚至讓人感覺與鄰國之間的隔絕逐漸加深了。

在同時接觸韓國與日本雙方文化之下成長的朱涅，長期以來都對於這種狀況感到相當痛心。在ＶＲ安寧病房裡邀請朱涅到新世界的沉睡騎士眾伙伴，知道朱涅的身世之後也還是跟以前一樣親切地對待她，所以她內心便想著……為了大家，總有一天要親手連接起虛擬世界裡斷絕的橋梁。

但是現在卻……

目前依然從遺跡宮殿屋頂眺望著戰局的某個人，以花言巧語煽動韓國與中國的ＶＲＭＭＯ玩家，點燃他們的敵愾心，想要造成ＶＲＭＭＯ的歷史上最大的憎惡與悲劇。

——我……我必須得想辦法才行。日本人玩家當中，大概就只有我會說韓文了。

——不勇往直前，就沒辦法傳達給對方知道。是這樣吧，有紀。

在心中呼喚三個月前死別的前任公會會長後，朱涅大聲對站在周圍的四名伙伴做出指示：

「各位，拜託了，只要一次就可以了，幫忙製造一個突破點吧！」

在前頭如戰神般持續奮戰著的雙手劍士阿淳立刻大叫：

「知道了！提奇、達爾肯、小紀，同時施放大技吧！倒數，2、1！」

完美地在同一時間使出的單發高威力劍技，引起足以晃動大地般的爆炸，把數十名敵人轟得往後退。

在一瞬間的寂靜與停滯當中，朱涅跑向現場看起來像是領隊的高大韓國人玩家，然後以左手接下揮落的長劍。

手掌立刻裂開，鮮血從上頭溢出。

但是虛擬的疼痛和朱涅過去接受白血病的骨髓移殖與雞尾酒療法時的痛苦相比根本不算什麼。朱涅只是稍微繃起臉，接著便一直凝視著對方的眼睛，以韓文大叫：

「——聽我說，你們都被騙了！這個伺服器是屬於日本企業，而且我們不是駭客而是正規的連線者！」

她的聲音在廣大範圍內迴響，讓沉默稍微變得長了一些。

被朱涅空手握住長劍的韓國人，雖然氣勢有點被蓋過去而往後仰，但馬上就又用尖銳的聲音反駁：

「——少騙人了！我看見了，你們剛才把和我們同樣顏色的玩家都殺光了！」

「那是和你們一樣因為假情報而潛行到這裡的美國人玩家！你們才是妨礙日本企業開發工作的人！請重新仔細地想一想……這些憤怒、憎恨，真的是發自你們的內心嗎！」

韓國人似乎因為朱涅的發言而感到困惑，也因此安靜了下來。

從人牆後方傳來一道尖銳——但是帶著疑惑的提問再次打破了寂靜。

「妳說的話是真的嗎？」

邊以韓文這麼大叫邊跑出來的，是外表和其他士兵看起來完全沒有兩樣的一名玩家。來到反射性擺出戒備姿勢的朱涅身邊之後，像要表示自己沒有敵意一樣垂下右手的劍，並且把頭盔的面甲往上抬。

「我是『Moon Phase』，妳的名字是？」

忽然就被詢問名字的朱涅雖然感到驚訝，但自稱Moon Phase的男人，雙眼當中帶著相當認真的光芒。

朱涅將左手離開擋下來的劍尖，把滴著虛擬鮮血的手掌在胸前握緊，然後開口表示：

「……我叫朱涅。」

「這樣啊，朱涅小姐，我本來就覺得這件事有點奇怪。」

Moon Phase一迅速地這麼說，周圍的韓國人玩家就發出憤怒的聲音。但是Moon Phase藉由用力將右手的劍收回劍鞘裡來封阻這些聲音，接著往前走出一步。

「——有辦法證明妳所說的話嗎？」

「…………嗚……」

朱涅不由得屏住呼吸。

這個「Underworld」是受到政府支援的日本企業作為研究開發用的ＶＲ世界，襲擊者是想奪走新世代ＡＩ這種研究成果的美國人——朱涅原本就不懷疑朋友莉茲貝特在ＡＬＯ的世界樹巨蛋裡含淚訴說的這些話。但被要求證明之後就頓時說不出話來。

虛擬世界裡不可能有什麼物證。真要說的話，大概就只有某個人的證詞，但日本人這邊無論說什麼都沒有用吧。朱涅在說不出話來的這段期間裡，也能感受到周圍韓國人的敵意已經再次燃燒起來。該怎麼辦……哪裡才有…………

「——朱涅，Underworld人啊！」

突然，左後方的小紀這麼大叫。

「讓他和這個世界的居民Underworld人見面，讓他看見居民說的是日文，應該就能理解這裡是日本的伺服器了！」

「啊…………！」

這樣的話的確有可能。朱涅他們本身也只和待在圓陣中央的Underworld人士兵們說過一兩句話而已，但靈魂還是因為他們明顯不是現實世界人也不是ＮＰＣ的感覺而受到強烈衝擊。即使語言不通——說不定正因為不通，韓國人們也能夠有同樣的感受。只要能敞開心胸，和他們見面並且交談的話，應該就沒問題。

朱浧準備把小紀用日文說的話翻譯成韓文傳達給Moon Phase等人。

但就在那之前，他的後方就閃起一道狠毒的紅色光芒。

「啊……危……」

朱浧雖然拚命想警告對方，但還是來不及了。雖然短但是相當厚的刀刃深深刺進Moon Phase背後，直接把他轟飛到十公尺之外。

「咕啊…………」

取代痛苦地扭曲身軀的Moon Phase站在朱浧面前的，是原本應該在宮殿屋頂的黑斗篷男。

他以握在右手上那把宛如中式菜刀般的刀具指著Moon Phase，然後用韓文大叫：

「這座戰場不需要背叛者！」

隨即直接用菜刀依序指著周圍的韓國人說：

「你們別被骯髒的日本人騙了！」

從他的聲音裡，可以感覺到沉重、強烈、冰冷，但是又帶著某種嘲諷的感情。

菜刀最後指的是愣然呆立在現場的朱浧。

「如果這裡是日本的伺服器，而你們又是正規的連線者，那為什麼只有你們擁有那麼高級的裝備？根本發出跟ＧＭ裝備差不多的光芒嘛！一定是用作弊的手法擅自創造出來的啦！」

隨著他的發言，周圍傳出了「沒錯、沒錯！」的叫聲。

朱涅拚命地否定男人說的話。

「……不是的！裝備之所以不同，是因為我們把自己的主要角色轉移到這個世界來了！」

一聽她這麼說，黑雨衣男就發出尖銳的嘲笑聲。

「哈，怎麼可能會有把主要角色轉移到封測伺服器裡的笨蛋！騙人，全都是謊言！」

「是真的，相信我！我們是帶著失去主要角色的覺悟來到這裡……」

「咻」一聲撕裂空氣的聲音響起。

當飛過來的匕首深深刺進自己右肩時，朱涅感受到的絕望完全蓋過了疼痛感。朱涅無法理解投擲武器的男人凶狠叫喚出的言語。

看見中國人玩家組成的小集團，打破暫時停戰的狀態從右側展開突擊，待在附近的韓國人領隊也隨著叫罵聲把朱涅踢飛。

倒到地面的朱涅雖然聽見伙伴們從背後趕過來的腳步聲，但是卻再也站不起來了。

＊＊＊

——為什麼？

整合騎士連利・辛賽西斯・推尼賽門切身感覺到覆蓋戰場的深沉憎恨，然後只在內心重複著一句話。

——為什麼他們明明同樣是現實世界人，卻必須如此憎恨對方，並且互相殘殺呢？

不對，或許連利也沒有資格說這種話。因為住在地底世界的人，自己也分成人界人與暗黑界人，幾百年來都持續著鮮血淋漓的戰鬥。短短幾天前，在東大門所流的鮮血量，應該足以匹敵漸漸濡濕這座戰場土壤的血液吧。連利自己也用掛在兩邊腰間的神器「雙翼刃」奪走無數哥布林族的性命。

但是，正因為如此。

他才很想相信，據說是在地底世界外面的那片現實世界，是沒有任何的爭執與憎恨，絕對不會發生戰爭這種事情。

但是，很明顯這只是自己的幻想。現實世界人亞絲娜和她的同伴明明和地底世界人說著相同的語言，但是再次襲擊過來數萬名軍隊，口中大喊著的卻是連利無法理解的叫聲。如果連語言都有如此大的差異，根本不可能進行休戰或者和解的交涉了吧。

也就是說，只有戰爭才是人類的本質嗎？

不論是這個世界，還是外面的現實世界，甚至是如果存在的更外側的世界，人類都一直持續著永無止盡的互相殘殺嗎？

——怎麼可以允許這種事情發生！

連利用力握緊雙手，忍住快要滲出的淚水。

整合騎士謝達為了守護原本是敵人的暗黑界拳鬥士團而獨自留在死地。那個人一定透過劍與拳頭與暗黑界人互相理解了。在滿是鮮血的道路另一端，一定還存在希望。

這樣的話，現在就必須戰鬥下去。不是只呆呆站著被人保護的時候。

當連利為了救援死命持續著防禦戰的現實世界人部隊而準備往前線走去時——

忽然有一道細微的聲音從背後響起。

「騎士大人，我也一起去。」

轉過頭就看到，站在那裡的是隸屬於補給部隊的紅髮少女練士緹潔。她緊握著一口小巧的劍，以悲壯的表情緊閉著嘴角。

「……不行，妳必須保護那個人……」

「這個任務讓給羅妮耶……我最喜歡的尤吉歐學長他……」

緹潔楓葉色的眼睛滲出光亮液體，接著又繼續說：

「那個人為了保護重要的事物而喪命。我也想繼承他的遺志。」

「…………這樣啊。」

連利用力咬緊嘴唇。

就連身為整合騎士的自己，都不確定能在那個慘烈的戰場上存活下來。實在不認為甚至連

正式衛士都不是的緹潔能平安無事。

但是這個時候又有新的聲音響起。

「騎士大人，我也一起去吧。」

從緹潔旁邊走出來的，是把茶色頭髮綁在後面的高挑女性衛士長。應該是一路奮戰過來的緣故吧，她的衣服骯髒，鎧甲也全是傷痕，但是英挺臉龐上的鬥志依然沒有消失。

「……我也還沒履行和桐人之間的約定。不能在這裡放棄那個孩子變成這樣也要守護的人們……還有世界。」

「索爾緹莉娜學姊……」

緹潔以發抖的聲音叫著這個名字，衛士長也帶著些許微笑對她點點頭。

不是為了尊嚴或者名譽，而是為了應該守護的事物而戰。

連利感覺到兩人這樣的決心也滲進自己心中，讓自己產生了共鳴。

他用右手輕輕碰著神器，然後深深點了點頭。

「……我知道了。這樣的話，我會保護妳們……絕對不要離開我身邊。」

「好的！」

「拜託你了，騎士大人！」

緹潔和索爾緹莉娜堅定地回應，並從左腰拔出劍來。

同樣用雙手握著一對神器的連利，這時在心底深處呢喃著。

——艾爾多利耶先生、謝達小姐，以及貝爾庫利騎士長。

——像你們一樣，我似乎也終於找到用掉這條生命的場所了。

接著整合騎士連利，就和兩名女性劍士一起跑向滿是悲鳴與絕望的戰場。

4

神代凜子一跑回副控室，就坐到比嘉健剛才坐著的那張網狀椅上。

從顯示在正面大螢幕上的幾個視窗當中，注視著下方的小窗。表示在上面的是顯示桐谷和人搖光狀態的立體圖表。

呈現七彩漸層的放射光中央，表示「主體缺損」的一片黑暗滲了出來。

現在比嘉健正操縱四台ＳＴＬ，準備利用三名與和人有深厚關係的少女腦袋裡的記憶來修復造成問題的缺損。為了完成這個任務，他獨自——不對，是僅僅只有兩個人便潛入被敵人占據的下軸。

目前襲擊者們依然專心迎擊作為誘餌從樓梯闖入的「一衛門」。但是被步槍瘋狂射擊之後，就算是鋼鐵製的機器人也沒辦法撐太久。一衛門遭到破壞的話，敵人也會開始思考這些日本人到底想做什麼吧。

——比嘉，快一點啊！

在心裡這麼祈求的時候，房門「咻」一聲橫移，穿著夏威夷衫的男性「喀噠喀噠」踩著木展跑了進來。

「桐……桐人他怎麼樣？」

「現在比嘉剛開始操作。誘餌作戰還順利嗎？」

一如此反問，菊岡誠二郎就上下震動肩膀喘著氣，然後把滑落的眼鏡推上來。

「從一衛門後面把所有的煙霧彈都丟進去了。應該還要一點時間煙霧才能從通道裡排出去吧，之後不再次封鎖隔板就有危險了。沒什麼時間了。」

「比嘉他說再久也是五分鐘就能有結果了……」

凜子閉起嘴巴，再次把視線移回螢幕上。

桐谷和人的搖光依然沒有變化。她握緊雙手，以相信美國主婦所說的諺語「心急水不沸」(a watched pot never boils)的心態，把視線移向大螢幕中央。

結果上面依然打開著宛如虛構的奇幻世界地圖般——不對，某種意義上來說確實是奇幻世界的Underworld地形圖。

幾天前剛來到Ocean Turtle時就立刻給自己看過人界全體圖，現在顯示的是更加外側的部分。從包圍人界的山脈一直南下之後，可以看到把兩個四角形並排起來的遺跡般人工地形。上面有顯示結城明日奈現在位置的明亮光點、表示人界軍隊的藍色小點聚合體，而以白色小點聚合體表示的，日本連線中的援軍玩家，這三者正緊密地靠在一起。

而包圍他們的龐大紅色聚合體，應該是被襲擊者們煽動而潛行至此的美國人玩家——但規模實在有點太大了。幾乎有日本人的二十，不對，是三十倍吧。

這樣真的沒問題嗎，除了明日奈之外的兩個人究竟到哪去了？心裡這麼想而環視畫面，就在距離遺跡相當遠的南端發現一個淡藍色光點。這應該是朝田詩乃吧。

這樣的話，桐谷直葉人在哪裡？更仔細地眺望地圖後，終於找出來的黃綠色小點是在距離主戰場相當遙遠的北方發出亮光。亮點附近確實也有紅色敵方集團，但比嘉確實說過要讓兩個人潛行到明日奈的座標處。那為什麼會……想到此便皺起眉頭的凜子——

忽然注意到像是被直葉光點強烈的光芒遮住一樣，還有另一個白色小點也在閃爍著。

「…………？」

應該已經沒有從ＲＡＴＨ這裡以ＳＴＬ潛行的人類了。這樣的話，這個小點是什麼呢？反射性移動滑鼠，慎重地把浮標對準小點並且點擊了一下，就打開了新視窗。凜子凝眼看著細微的英文符號。

「嗯……限制、對抗指數……檢測界限值……報告？這是什麼……」

正當她準備繼續說「看不懂是什麼意思」時——

「什……什麼——！」

到剛才都在注意桐谷和人圖表的菊岡忽然大聲叫喚，讓凜子差點從椅子上跳起來。

「怎……怎麼了？」

但是菊岡什麼都沒說，一把滑鼠搶過去就擴大凜子剛打開的視窗。然後探出身子，像沉吟般快速呢喃著：

「嗚……不會錯了，是新出現的突破界限的搖光……！但為什麼會在這個時間點……！」

凜子瞪大眼睛往上看著正在用力搔頭的菊岡臉龐。

「咦……這就表示，是第二個『A.L.I.C.E.』？」

「沒錯，正是如此……啊啊，不對，等一下……這是……」

菊岡高速捲動顯示詳細記錄的視窗，然後再次發出沉吟聲：

「……嚴密來說，它和『愛麗絲』的等級不同。似乎不是經由理論回路而是藉著情緒回路來突破人工搖光的限制……但依然是相當貴重的樣本。如果可以這樣乖乖待著就好了……啊啊，不行，往南邊的美國人集團跑過去了！」

把滑鼠從用雙手抱住頭部的菊岡那裡搶回來，凜子也注視著成為焦點的人工搖光突破界限時的詳細記錄。

「原來如此……感情區域裡有新的節點發生了連鎖反應……嗯——？欸，菊岡先生？」

「什……什麼事？」

發出懊惱聲音扭動著身體的菊岡，只把脖子轉向螢幕。

「這個插入此處的外部命令是什麼？給人特別不對勁的感覺……總之就是很刻意……簡直就像要妨礙回路的新生一樣……」

凜子瞇起眼睛，用眼睛追著以細小符號表示的程式。

「在右視覺皮層……注入擬似痛覺？這樣即使人工搖光快要突破界限，整個過程也會因為疼痛而取消吧。你們甚至給Underworld人設下這種限制嗎？」

「沒……沒有，我們沒做這種事。怎麼可能這麼做呢，這是和目的完全相反的行為……應該說，很明顯妨礙了我們的目的。」

「說的也是……而且這個程式的寫法和比嘉的習慣不同……啊，一開始的地方有注釋……『Code871』？871是什麼？」

「871？我沒聽過這個編號……不對，等等……等一下喔，好像最近才在……哪個地方……」

菊岡突然踩著木屐跑了起來，然後一把抓起掛在稍遠處椅背上的一件微髒白袍。啪一聲把它攤開，然後凝視著衣領內側。

「喂，怎麼了，你在做什麼？」

凜子一這麼問，在黑框眼鏡底下瞪大雙眼的菊岡就把白袍的衣領遞出來給她看。

上面用黑色油性簽字筆清楚地寫了「871」三個數字。

「這件白袍是……剛才和比嘉一起到下面去的工作人員柳井先生的……」

這麼呢喃的凜子，聽見自己發出的聲音逐漸變小。

柳井。Yanai。

「…………871？（註：柳井的日文發音與871相近）」

凜子和菊岡同時站起來大叫。

＊＊＊

拳鬥士族長伊斯卡恩用朦朧的左眼捕捉到逼近的紅色軍隊。

說著奇妙語言的士兵們，把包圍網縮小到僅剩下二十梅爾時，可能是確認拳鬥士們已經沒有鬥志了吧，只見他們互相點了點頭。

下一刻，他們便發出聽不懂意思的威猛叫聲，然後一起往地面踢去。

伊斯卡恩用骨頭碎裂的左手，用力握住坐在旁邊的女騎士的右手。立刻就有回握的感覺，麻痺的手一瞬間感覺到令人愉快的痛楚。

為了迎接最後一刻，在他準備低下頭來閉上眼睛的瞬間——

「…………那是……？」

謝達的聲音讓他再次抬起頭來。

連綿於戰場北方的峽谷後面，可以看見一大群揚起土塵往這裡殺到的軍隊。

他們有著高大圓潤的身體、扁平突出的鼻子以及下垂的耳朵。

那是半獸人。

「……為什麼。」

伊斯卡恩茫然如此呢喃。半獸人軍受到皇帝貝庫達的命令，應該一直在北方遙遠處的「東大門」待機才對。既然皇帝已經消失，那道命令就不可能被解除。事實上，殘存的暗黑騎士們就魯直地持續停留在峽谷的另一側待機。

不知道究竟是怎麼回事，只能凝眼看著半獸人大軍的伊斯卡恩，這時注意到筆直跑在最前面的嬌小人影。

那不是半獸人。來者拖著黃中帶綠的頭髮，而且由嫩草色服裝伸出的手腳雪白到令人覺得刺眼。那絕對是人族，而且是人界人的年輕女性。

但那樣看起來，簡直就像嬌小的女劍士獨自率領著半獸人全軍一樣啊。

可能是注意到朝這邊殺到的大軍了吧，包圍拳鬥士團的紅色士兵們也停下動作。

下一刻，跑在半獸人軍前頭的女孩衝進架在峽谷上的石橋。

一道炫目的光芒出現。女孩從背上拔出銀色的長劍。

一瞬間可能感覺到什麼了吧，謝達被伊斯卡恩左手握住的右手震動了一下。

人族的女孩來到橋中央附近，就高高地舉起長劍。這時她距離紅色士兵們還有兩百梅爾以上的距離。

但是——

女孩的劍與雙臂就像煙霧一樣消散。即使以伊斯卡恩的眼力，都無法看見她的斬擊。銀色亮光閃爍，下一刻就出現讓人驚恐的現象。

一條炫目的光線在漆黑的地面上奔跑——才剛看見這一幕，站在延長線上的紅色士兵就有十幾個人的身體無聲被砍斷，甚至連悲鳴都發不出來就倒下去了。

往下揮落的長刀在女孩手中反轉一圈，再次以令人戰慄的速度往上彈起。光線再度貫穿紅色軍隊，重武裝的士兵們連同鎧甲被劈成兩半。

「…………好厲害。」

謝達以幾乎不成聲的聲音這麼呢喃。

＊＊＊

詩乃以沒有一絲猶豫的動作，架起由索魯斯之弓變化而成的愛槍黑卡蒂II。

與Subtilizer之間的距離不到二十公尺。用反器材步槍進行狙擊的話，這種距離實在太近了。在這樣的距離下，很難持續用高倍率瞄準器捕捉移動的敵人。

因此詩乃決定在Subtilizer開始移動前分出勝負，所以透過瞄準器鏡頭看見黑影的瞬間就扣下扳機。

閃光。轟然巨響。

強烈的後座力襲擊了在空中盤旋的詩乃。她拚命控制以傾斜軸心旋轉的身體。每次射擊身體都會像這樣失去平衡的話，實在沒有辦法連射，但只要剛才那發子彈命中一切就結束了。

好不容易讓身體安定下來，詩乃的視界看見了Subtilizer。

然後因為驚愕而瞪大了眼睛。

站在有翼生物背上的男人抬起左臂，把五隻手指彎曲成鉤爪狀。

手掌裡光與暗混雜在一起後形成強烈的漩渦，而中央那個微小但是發出強烈光芒的物體，無疑就是詩乃發射出去的子彈了。

50口徑反器材步槍發射出去的，足以貫穿兩公分厚鋼板的子彈……

會像詩乃的意識一樣被吸收進去嗎？

詩乃的心裡稍微產生了一絲怯懦。就像與她的感情變化同步一般，從Subtilizer左手放射出來的黑暗更加強烈了。

「不要輸啊……」

詩乃無意識中這麼呢喃。接著又叫了一聲。

「不要輸啊，黑卡蒂！」

滋啪。

發出這樣的聲音後，光芒貫穿了黑暗。

Subtilizer的左手開了一個大洞，鮮血與肉片呈漩渦狀飛濺開來。

——行得通！

詩乃大大吸了口氣，然後拉下黑卡蒂II的退彈桿。排出的空彈殼一邊閃閃發亮一邊落下。

Subtilizer默默低頭看著受傷的左手。雖然黑暗像黏液般逐漸填滿開了個大洞的手掌，但那不是那麼容易就能治癒的傷勢。

他抬起笑容消失的臉來盯著詩乃看。

接著右手從腰間拿下十字弓。

「……哼。」

詩乃用鼻子輕哼了一聲。那種東西怎麼可能對抗得了反器材步槍…………

歪斜扭曲。

十字弓突然扭曲了起來。

往左右兩旁突出的弓體往內折疊，整體長度則伸長了一倍。原本是木製的框架，開始帶著灰色金屬光澤。

短短一秒鐘後，Subtilizer的右手上就握著一把與黑卡蒂同樣巨大的步槍。詩乃立刻就認出這把槍械的名稱。

巴雷特ＸＭ５００狙擊步槍。

雖然和黑卡蒂II同樣是50口徑，不過是屬於更新世代的反器材步槍。

Subtilizer的嘴角再次刻劃著扭曲的笑容。

「……好樣的。」

詩乃這麼呢喃完，就把黑卡蒂II的槍托用力抵在右肩上。

＊＊＊

「嗚哇……不……不要緊吧？」

柳井像是真心替人擔心的聲音，讓比嘉一瞬間忘了疼痛而大叫：

「喂……喂，自己開的槍，說的好像不關你的事一樣……！」

「沒有啦，我沒打算射中你，這是真的。我還不至於想揹一條殺人罪在身上，好不容易能在西岸買下帥氣的豪宅，得戰戰兢兢地過生活就沒有意義了吧？」

一了解柳井說的應該是真話，脫力感就襲上心頭，讓比嘉的手臂失去力量。心想「這樣不行」而重振精神後，才畏畏縮縮地確認右肩的傷勢。

從導管的壁面反彈回來的子彈，似乎命中鎖骨的正下方。跟疼痛比起來，這時是冰冷的麻痺感開始蔓延到整條右臂。襯衫的側腹部分早已染成紅黑色，看來不是什麼擦傷才對。

對於現在的狀況，以及今後發展的恐懼這時終於從胃部下方附近一點一點往上湧，讓比嘉反覆急促的呼吸。數公尺上方的柳井依然以一副志得意滿的表情繼續說道：

「原本只是想稍微妨礙比嘉先生的作業，然後破壞檢修用電子連接器就從下面的主控室逃離。因為我應該也能搭上潛水艇～ＲＡＴＨ這邊也沒有死者，這樣只要能回收愛麗絲，就能有快樂的結局了～」

「你說……沒有死者……？」

比嘉再次忘記傷痛，駁斥柳井的發言。

「……現在不趁這個機會治療桐谷小弟的話，他的意識就再也不會恢復了！殺死他靈魂的就是你啊，柳井先生！這樣你還敢說沒有殺人的打算嗎！」

「啊～啊～……這個嘛……」

柳井臉上忽然變得沒有任何表情。在橘色緊急照明燈的照耀下，滿是鬍渣的臉抽搐了兩三下。

「嗯……那個小鬼死了也沒關係。」

「什…………」

「因為呢～那個傢伙殺了我重要的小亞亞啊。」

「小亞……亞……？」

比嘉因為這生疏的名字而露出疑惑的模樣，柳井則低頭看著他憤慨地大叫：

「就是公理教會最高司祭，亞多米尼史特蕾達猊下啊！我和她約好了，要提供那個女孩子完全支配Underworld的最大支援。還有就算伺服器被格式化，也會確實地保存那個女孩的LightCube。」

比嘉愕然瞪大了雙眼。

公理教會是Underworld內統治人界的組織名稱。藉由極為嚴厲的法律以及強大的武力來完全支配居民。

比嘉他們之所以察覺突破界限的搖光「愛麗絲」出現還是無法確實得到她，就是因為在時間加速的Underworld裡，公理教會一瞬間就帶走愛麗絲，對她的搖光施加了記憶更改處置。

沒錯，他們的手法實在太迅速也太準確了。

簡直就像完全熟知人工搖光是什麼東西一樣。

結果真的是這樣。公理教會——至少可以知道似乎是他們最高層的，名為「亞多米尼史特蕾達」的人工搖光，已經了解整個世界的構造了。

「……就是你汙染了Underworld嗎……」

比嘉一低聲這麼呻吟，柳井就故意咂舌發出了嘖嘖聲。

「等一下，一開始是那個女孩自己跟我接觸的喲。在我值班的時候，忽然從擴音器裡傳出女孩子的聲音，那時真是嚇了一大跳……她是自己發現Underworld的指令表，打開與這邊的內線。真要說起來呢，是忘記消除呼叫表格指令的比嘉先生自己的錯啊。」

柳井發出「嗯呵呵呵」的笑聲，像是想起什麼事情般以沉醉的眼神繼續說道：

「我一開始覺得，這樣現在的Underworld應該馬上就會被完全格式化了。既然所有人都要消失應該就無所謂，所以就偷偷用ＳＴＬ去跟小亞亞見面。結果呢……啊啊，我還沒看過那麼漂亮的女孩子呢。雖然須鄉先生關在ＡＬＯ裡的女孩也很可愛，但小亞亞不論是性格、聲音、動作等一切都正如我的理想……——那個女孩和我約好了。提供幫助的話，就讓我當首席僕人。還說有一天要連現實世界也一起支配，然後讓我擔任國王……」

——不對。

被汙染的是這個男人。

比嘉因為戰慄感過於強烈而感覺全身寒毛直豎。柳井雖然是愚蠢的背叛者但不是普通的笨蛋。能夠讓這種人如此迷戀並且加以支配的亞多米尼史特蕾達，究竟是什麼樣的存在？

這時似乎沉浸在回憶裡的柳井，表情再次從臉上消失。

「……但是，那個女孩卻死了。被同時也阻礙須鄉先生實驗的那個小鬼殺掉了……不幫小亞亞報仇的話，她就太可憐了……」

柳井瞪大布滿血絲的雙眼，再次用手槍對準比嘉。由於自動手槍在射擊出一發子彈後，擊錘就會自動被壓下，所以扳機比第一發時輕多了。食指稍微一用力，子彈應該就會再次被發射出去。

「……沒錯……就是這樣，我要是不殺個人，怎麼對得起那個女孩子呢……」

柳井瞪大的眼睛中央，收縮的瞳孔產生細微的震動。

……糟糕。這次是認真的了。

比嘉忍不住閉起眼睛。

＊＊＊

——來不及了。

莉法感覺到遠方的亞絲娜、克萊因以及莉茲貝特等人陷入險境，忍不住緊咬起嘴唇。

但是眼前卻有多達將近三千名左右的紅色鎧甲士兵擋住去路。

請求似乎是半獸人族長的利魯匹林，為了營救亞絲娜和桐人而朝著南方前進，結果終於發現的並非原本要營救的人界守備軍。

眼前有僅僅數百名的男女被應該是從現實世界潛行至此的軍隊包圍，利魯匹林表示他們是和半獸人一樣隸屬於暗黑界軍的拳鬥士。知道這件事之後，莉法就拋開一瞬間的猶豫，決定要幫助他們。

「由我獨自殺進敵人陣營。利魯匹林你們和拳鬥士會合，只要打倒想到那邊去的敵人就可以了。」

這麼指示完，利魯匹林就猛烈地提出「我們也要一起戰鬥！」的抗議。但是莉法卻用力搖了搖頭，然後一邊握住半獸人粗獷的手一邊說：

「不行喔，我不希望你們繼續增加犧牲者了。我沒問題的……那種傢伙，來幾萬個我都不會輸。」

這麼笑著說完，莉法就獨自面對紅色軍隊。

早已確認過提拉利亞的ＨＰ擁有幾乎無限的回復力。而且前方的現實世界人，同樣也是擁有虛擬生命的人們。既然已經趕不及去救援桐人他們，莉法實在沒辦法讓這些半獸人平白死在這裡。

以超長範圍的二連擊砍殺數十名敵人的莉法，沒有停下腳步就直接衝入敵陣當中。

她不斷施放不知道為什麼攻擊範圍比ＡＬＯ擴張了好幾倍的劍技。每當從提拉利亞的ＧＭ裝備「鮮果靈魂」綻放出鮮豔的閃光，就會有血花呈放射狀飛濺出來。

但還是無法消除劍技與劍技之間產生的僵硬時間，無數刀刃就趁著這個時候襲擊過來。由於無法迴避所有攻擊，結果莉法的身上就被刻畫上好幾道傷痕，灼熱的劇痛讓她感到暈眩——

但是……

「嘿————！」

隨著撕裂綿帛的吼叫聲，右腳用力朝地面踏去。從腳邊冒出一片輕飄飄的綠色光輝，一瞬間就把她全身的傷治好。

莉法承受著實在無法消除的疼痛餘韻，專心一志地揮舞著劍。

就算受到一萬處傷害，也要想辦法把這個地點的敵人趕回現實世界去。

如果說因為座標偏差而被送到意外地點的自己有什麼任務的話，那一定就是盡量拯救Underworld的人了。自己必須拯救桐人喜愛並且想要保護的這些人。

「She's such a boss！」

莉法用左臂擋下隨著這種叫聲猛烈刺出來的劍。

「嘿啊啊！」

反擊的一劍，一口氣就了結了持劍者的性命。

莉法用嘴咬下刺在手臂上的劍後，就隨著鮮血一起把劍吐掉。

＊＊＊

第二發子彈幾乎是在同一時間發射。

從兩把反器材步槍發射出去的子彈，在幾乎快要觸碰到的距離下擦身而過，接著彈道整個產生變化而朝虛空飛去。

詩乃這次沒有狼狽地失去平衡，雙腳確實踢著空氣抑制住後座力。視線前方能看到Subtilizer也在猛烈拍動翅膀的有翼生物背上踩穩了腳步。

對詩乃來說，還是第一次像這樣在上下左右完全開放的空間裡，互相拿著反器材步槍攻擊對方。由於在GGO裡並沒有輔助飛行，所以這也是理所當然的事，沒想到基本上是豎起兩腳架進行臥射的黑卡蒂，在空中的後座力會這麼大。

這場比試——

先抑制後座力，比敵人快上一瞬間發射下一發子彈的人就能獲勝。詩乃一邊退彈一邊這麼想著。

「地底世界大戰」戰況

「最終負荷實驗」第二天

東大門

整合騎士
法那提歐

整合騎士
迪索爾巴德

亞絲娜
生成的
峽谷

共同戰鬥

半獸人族
利魯匹林

整合騎士
謝達

拳鬥士公會會長
伊斯卡恩

地神提拉利亞
莉法

交 戰

美國玩家的
暗黑騎士

交 戰

亞絲娜

遺 跡

中國、
韓國玩家的
黑暗騎士

PoH

人界軍誘餌部隊

克萊因、莉茲貝特、
西莉卡、艾基爾等現
實世界來的援軍

整合騎士
連利

交 戰

闇神
貝庫達

太陽神索魯斯
詩乃

少女練士
羅妮耶

少女練士
緹潔

整合騎士
愛麗絲

桐人
（心神喪失狀態）

世界盡頭的
祭壇

插畫／來栖達也

Subtilizer應該也有同樣的企圖吧。飛翔的詩乃這時試著要繞往右方，而他則是拚命要取得相反方向的位置。

雖說不是有什麼訊號，但雙方幾乎是在同一個時機下開始高速移動。

在不失去平衡的前提下，於空中反覆以銳角轉向，持續地無定向飛行著。在槍口緊緊追隨著敵人的情況下，也強烈意識到自己也一直在敵人射線當中。

Subtilizer架起來的巴雷特可能終於預測出詩乃的行動了吧，只見它以令人眼花撩亂的速度移動著。

——要來了！

詩乃咬緊牙關，瞪大了雙眼。

巴雷特的槍口迸出火光。

詩乃以界限速度飛翔，並將身體往左邊扭。

致死的子彈一邊發出低吼，一邊通過足以燒焦胸口的距離。藍色護甲發出「嗶嘰」一聲裂開。

——閃開了！

最初也是最後的機會。在Subtilizer為了抑制後座力而靜止的那一瞬間射擊！

準備架起黑卡蒂的詩乃所看見的是……

從正面飛來的下一發子彈。

連射——為什麼？

啊啊……糟糕。

和每發射一發子彈就得拉起退彈桿的黑卡蒂不同，巴雷特是半自動射擊步槍。

這樣的思緒在腦袋裡爆開的同時，詩乃的左腳也像從膝蓋上方爆炸一樣變成了碎片。

＊＊＊

抵抗絕望的狀況，到最後都持續站在戰場上的，是受到超級帳號保護的亞絲娜，以及Underworld人整合騎士連利、他的騎龍，再加上在騎士與龍的保護下持續果敢揮著劍的少女練士緹潔與衛士長索爾緹莉娜。

亞絲娜因為極度疲勞與痛苦而模糊的視線裡，一直捕捉到騎士連利鬼氣逼人的戰鬥模樣。

十幾分鐘前，小個子的騎士一出現在前線就讓十字迴旋鏢自在飛翔，把蜂擁而至的敵軍全都砍倒。其恐怖的威力，甚至足以將鄰國人滿腔怒火的突擊擋回去幾分鐘。另外，巨大飛龍發射出來的熱線也讓敵人相當害怕，完全證明了他們是在Underworld這個異世界出生長大的真正龍騎士。

但不久後敵人也注意到了。騎士連利在投擲、操縱迴旋鏢的時候本人幾乎是處於毫無防備的狀態。

當迴旋鏢不知道第幾十次的飛翔，準備掃倒紅色軍隊最前列的瞬間，就從後方投擲出無數的長槍。和美國人玩家戰鬥時，亞絲娜暗暗擔心的戰法，現在終於被實現了。

長槍宛如黑雨般從紅色天空降下。

這時連利的飛龍以張開羽翼的身體擋下最初的攻擊來保護主人。

飛龍就在剝落的鱗片與鮮血四濺的情況下直接往旁邊倒去。

新的一陣槍雨立刻落下。

一瞬間往上看了一下發出「沙啊啊」聲朝這裡襲來的無數槍尖，騎士連利就轉過身子抱住身後的緹潔，讓她躲在自己身體下面。

下一個瞬間，背上被兩隻槍插入，連利像要趴在緹潔身上般往前倒。失去控制的十字迴旋鏢，綻放短暫的光芒後分裂為二，然後刺入遠處的地面。

這個時候，戰場其他地方的戰鬥也幾乎都結束了。

紅色士兵群聚在筋疲力竭而倒地的日本人玩家身邊，爭先恐後地以劍刃朝他們身上招呼。鮮血、肉片，以及細微的悲鳴飛濺，最後安靜下來。

另外也有許多盾牌與鎧甲全遭到破壞，光著身體被按在地上的人。他們臉頰上流下來的悔恨淚水，和從傷口流出來的血同樣讓人心痛。

兩千名轉移組的防禦陣幾乎遭到無力化，至今為止被保護在中央的人界軍終於開始露出來了。

大約四百名人界軍衛士，為了保護非武裝的補給部隊與修道士隊而舉劍圍成一圈。他們每個人臉上都充滿悲壯的覺悟，面對一點一點逼近的紅色軍隊，靜靜地等待著發動決死突擊的時刻。

「…………住手…………」

亞絲娜聽見從自己嘴唇裡掉出來的聲音。

那不是因為全身受到的傷痛，而是因為絕望與哀傷而失去鬥志的聲音。

「拜託……不要再打了……」

右手上的細劍隨著呢喃滾落到地面。從臉頰滴落的淚滴掉在滿是傷痕的劍身上後輕輕彈起。

擋在眼前的紅色人影，隨著充滿敵意的罵聲把兩手劍高高舉起。

——這個剎那。

宛如雷鳴般的巨大聲音響起，讓準備對亞絲娜揮落的劍刃，以及在戰場各處進行中的所有戰鬥都停了下來。

以難以衡量的音量叫出「ＳＴＯＰ——！」的，是至今為止都在遠處看著這場戰鬥的黑斗篷男。也就是殺人公會——微笑棺木首領ＰｏＨ的亡靈。

鄰國人玩家們似乎因為浮標還是某種原因認為黑斗篷男是指揮官，在百般不願意的狀況下還是放下了武器。原本準備斬亞絲娜於劍下的男人也隨著猛烈的咂舌收起劍，改成讓她嘗嘗隨腳使出的踢擊。

從背部倒在地上的亞絲娜，拚命以無力的手臂撐起身體。

視線四處巡梭之後，就看到晃動黑色皮革下襬往這邊走過來的高大男人。他以低沉但響亮的聲音對周圍的紅色玩家搭話，但因為是韓文所以無法了解意思。

周圍的紅色士兵不停點頭，開始對周圍的伙伴傳達些什麼消息。

突然間，站在旁邊的男人抓起亞絲娜的頭髮並且往上拉。雖然忍不住發出悲鳴，但男人根本不理會，直接用力拖著她往前走。

周圍也進行著類似的行為。看來他們是打算把還活著的日本人玩家聚集在一起。

黑斗篷男滿不在乎地走近現在依然舉著劍的人界軍衛士們，接著轉頭舉起一隻手，再次對抓住亞絲娜頭髮的男人下達了某種指示。

被人粗暴地往背後一踢，亞絲娜飛出數公尺的距離然後滾落在地面。周圍一直站著的日本人玩家也被推倒。

生存者的人數已經不到兩百人。

ＨＰ的量應該直接與生存率連結吧，果然有許多高等級的玩家還殘留著。稍微環視一下現場，立刻就發現ＡＬＯ的領主們以及沉睡騎士的成員。

他們的所有武裝不是被破壞就是被奪走，身上只有破破爛爛的衣服。外露的肌膚上全是傷痕，許多人身上依然插著折斷的刀刃。但他們臉上全都浮現著同樣深沉的無力感與失敗感。

不想再看任何東西了。真想直接趴在地上，到最後的瞬間都閉起眼睛。

但亞絲娜還是透過滲出的淚水，想把轉移到此幫忙的眾玩家身影烙印在眼裡。

視線繞過一圈後，就發現稍遠處有一名抱住兩腳膝蓋，肩膀不停震動的女性玩家。粉紅色短髮上全是灰塵，紅豆色的服裝也到處是破洞。

亞絲娜爬著靠近那個背部，然後用雙臂繞過好友的身體。

莉茲貝特一瞬間全身繃緊，但隨即把頭靠在亞絲娜身上。被血與淚水濡濕的臉頰顫抖著，然後發出沙啞的聲音。

「大家……我……我害大家被……」

「不是的……不是這樣的，莉茲！」

亞絲娜也以含著淚水的聲音輕輕叫道：

「不是莉茲害的。是我不好……考慮得更周全一點，應該就能預測到才對……」

「亞絲娜……我……完全不知道。戰爭是這麼恐怖……戰敗是這麼痛苦……我真的完全不知道……」

不知道該如何回話的亞絲娜只能再次抱緊莉茲貝特。從雙眼溢出的淚水不斷從臉頰滑落。

這時又聽見細微的啜泣聲，往該處看去，就發現倒在地上一動也不動的艾基爾，以及蹲在他身邊的西莉卡。

艾基爾身受讓人覺得這樣ＨＰ竟然還沒有歸零的重傷。為了保護西莉卡，應該是經過一番激戰吧。巨大身軀上刺著好幾把折斷的劍與槍，四肢看起來也幾乎全被敲爛了。之所以緊咬著牙根，一定是因為承受著超乎想像的痛苦吧。

他們附近也能看見盤腿垂頸而座的克萊因。他肩膀下方的左臂被砍斷，傷口纏著作為他註冊商標的頭巾。

所有生存者幾乎都是差不多的狀態。

黑斗篷男睥睨著趴在地上這兩百名武器、鎧甲以及鬥志都被剝奪的敵人——從兜帽深處露出的嘴巴露出無聲的燦爛笑容。

他迅速翻轉身軀與人界軍的衛士們相對。

亞絲娜帶著恐懼的心情，等待他舉起右手做出殺掉所有人指令的瞬間。

但是，他對人界人所發出的，竟是內容令人意外的日文。

「放下武器投降。這樣的話，我就不殺你們和後面的俘虜。」

衛士們的臉閃過一瞬間的驚訝，接著是深沉的憤慨。往前走出幾步來和黑斗篷男相對的是女性衛士長索爾緹莉娜。應該是一直和連利一起在最前線戰鬥吧，只見她的劍劍刃已毀，額頭上也流下鮮血。

即使如此還是無損美貌的索爾緹莉娜，以毅然的聲音叫道：

「……別開玩笑了！到了這個時候，還以為我們會為了活命而……」

「照這個人所說的去做——！」

亞絲娜打斷索爾緹莉娜說的話拚命大叫著。

她在緊抱著莉茲貝特的情況下，抬起被淚水濡濕的臉龐拚命懇求著。

「拜託……你們要活下來！不論受到什麼樣的屈辱，請都要活下去！因為這是……這是我們的……唯一的……」

唯一的希望啊。

胸口揪緊的亞絲娜無法把話說完。

但是索爾緹莉娜與眾衛士已經緊閉起嘴巴、扭曲著臉龐，身體震動了一陣子後才緩緩垂下肩膀。

看見發出「喀鏘喀鏘」的聲音被丟到地上的劍後，四周圍重重包圍衛士的鄰國人玩家之間就發出高昂的勝利叫聲。叫聲立刻又變成連續呼喊著自己國家的名字。

黑斗篷男迅速舉起一隻手呼喚數名玩家，然後做出某種指示。男人們立刻點點頭，推開投降的人界軍往圓陣深處跑去。

才興起「到底想做什麼……」的念頭，黑色斗篷男就發出沙沙的腳步聲走過來站在亞絲娜面前。

即使在這樣的距離之下，依然看不透兜帽深處的黑暗。好不容易才能看見頑強的嘴角以及垂在脖子附近的黑色捲髮。

他的嘴巴浮現扭曲的笑容，接著發出帶著某種開朗氣氛的聲音：

「……嗨，好久不見了，『閃光』。」

——這個男人，果然是！

屏住呼吸的亞絲娜從胸口深處擠出話來。

「……你是……ＰｏＨ……！」

「哎呀，真令人懷念的名字。很高興妳還記得喲。」

這個時候，右手撐在地上一點一點靠過來的克萊因，以燃燒烈火般的眼睛往上看著黑斗篷男。

「是……是你這傢伙嗎。你這殺人狂……竟然還活著！」

男人的靴子隨便就把想用單手抓住自己的克萊因踢飛。

亞絲娜咬緊牙根，以低沉的聲音問道：

「這是……復仇嗎？對我們攻略組毀滅微笑棺木的復仇……？」

「…………」

PoH默默無言地往下看著亞絲娜一陣子。這時亞絲娜注意到他的肩膀不停微微震動。

幾秒鐘後，他像是再也無法忍耐般劇烈笑了起來。斗篷下的身體扭動著，他則是持續發出「呵呵呵、哈哈哈」的笑聲。

發作般的嘲笑終於止歇，PoH伸出右手的食指後就愉快地繼續說道：

「啊～呃……這種時候用日文要怎麼形容啊……因為一直待在美國，粗話之類的都給忘記了呢。」

不停轉動的手指，忽然彈出「啪嘰！」的聲響。

「對了對了，是『妳傻了嗎？』，真是太好笑了，這個嘛……」

瞬時彎下膝蓋的男人，從至近距離窺看著亞絲娜的臉龐。這時只能看見他兜帽深處閃閃發亮的眼睛。

「……我就告訴妳吧。向你們這些攻略組密告微笑棺木祕密基地的就是本大爺喲。」

「什…………」

亞絲娜、克萊因，甚至連瀕死的艾基爾都瞪大眼睛。

「為什麼……怎麼會……」

「當然有一部分是因為想看猴子自相殘殺……但最大的理由應該還是這個吧。我呢……很想讓你們變成『殺人犯』喲。你們這些裝出一副清高的勇者模樣，驕傲地站在最前線的攻略組大人。要策畫這一切真的很費工夫喲……還得看準沒辦法逃走但來得及迎擊的時機警告微笑棺木那群傢伙。」

——那場祕密基地突襲作戰之所以會事先走漏消息，就是因為這個原因嗎，亞絲娜雖然感到愕然但還是繼續思考。

就因為這樣，戰鬥剛開始時等級與裝備優於對方的攻略組反而屈居下風，甚至出現幾名死者。之所以能改變劣勢，是因為雖為獨行玩家但實力受到肯定的桐人奮戰不懈，在他砍倒一名微笑棺木的主力後，狀況因而逆轉……

「……那就是……你的目的嗎？」

亞絲娜以斷斷續續的聲音呢喃著。

「為了讓桐人……背負ＰＫ行為的罪過……？」

「Yes。Absolutely yes。」

ＰoＨ以帶著熱氣的聲音做出肯定的答案。

「我以隱蔽技能躲在旁邊觀賞了那場戰鬥喲。黑漆漆先生失去理智幹掉兩個人時，我差點因為爆笑而被識破隱蔽呢。按照計畫，接下來是要利用麻痺毒把那傢伙和妳無力化，然後好好訪問一下當時的情形……沒想到會在第七十五層就結束了。」

瞬時沸騰的憤怒，讓亞絲娜忘記傷口的疼痛。

「你……你知道那時候的事情讓桐人多麼痛苦與煩惱嗎！」

「哦，那真是太好了。」

與亞絲娜形成對比，PoH的聲音帶著冰一般的寒氣。

「不過，這就奇怪了。那傢伙真的感到後悔嗎……一般來說，應該會連看都不想看到VR遊戲吧？因為覺得對不起殺掉的傢伙。我很清楚喲，那傢伙也在這裡吧。我可以感覺到喔。雖然不知道為什麼躲在馬車裡……算了，直接問他吧。」

咧嘴對說不出話來的亞絲娜笑了笑，PoH就迅速站了起來。

在周圍依然不斷湧出的歡呼聲作為背景下，宛如冰一般寒冷的聲音流出。

「It's show ti——me！」

說出在SAO暗中作亂時的慣用句，並猛然舉起右手的PoH身後——

可以看見紅色士兵們粗暴推著的輪椅，以及拚命跟在後面的灰色制服少女。

啊啊……

住手。

只有這件事絕對不行。

亞絲娜胸中充滿悲痛的懇求。克萊因雖然像跳起來般準備起身，但立刻又被壓下去。

ＰｏＨ輕輕彎曲上半身來窺看著被推到自己眼前的輪椅。

「…………嗯嗯？」

隨著感到疑惑的沉吟，用腳尖戳了一下從椅子上往下垂的瘦弱腿部。

「這是怎麼回事……？喂，黑漆漆的，快起來啊。聽見了嗎，黑衣劍士大人？」

被叫到過往綽號的桐人——這時依然沒有任何反應。

透過黑色上衣也讓人不忍卒睹的瘦弱身體靠在椅背上，臉孔則是深深地下垂。空無一物的右邊袖子隨風搖擺，抱著兩把劍的左手也因為骨瘦嶙峋而相當顯眼。

被推到亞絲娜身邊的羅妮耶不停眨著哭腫的鮮紅眼睛，然後小聲地說：

「桐人學長……在戰鬥當中，不停、不停地想站起來……最後好像用盡力氣而安靜下來……但是……只有……只有眼淚一直流個不停……」

「羅妮耶小姐……」

亞絲娜伸出左手，把啜泣的羅妮耶那纖細的身體抱過來。

然後猛然抬起臉，對ＰｏＨ丟出尖銳的發言：

「這樣你知道了吧。他不斷地作戰再作戰，讓自己變得滿身瘡痍了。所以別再打擾他了！讓桐人安靜地休息吧！」

但是黑色斗篷男卻像是聽不見亞絲娜說的話一樣，從至近距離窺看著桐人的臉。

「喂喂喂，不會吧！這樣的話根本沒辦法收尾嘛！喂，快起來！嘿，Stand up！Good mo……rning！」

PoH的右腳忽然放在銀色車輪上，然後無情地把輪椅踢倒。

瘦削身軀從隨著吵雜的金屬聲往旁邊倒的輪椅上被拋到地面。

亞絲娜與克萊因雖然同時想站起來，卻被士兵的劍壓住。艾基爾也發出低沉的憤怒聲，莉茲貝特、西莉卡與羅尼耶則是發出細微的悲鳴。

但是PoH還是沒有罷手的樣子，走近桐人後用腳尖粗暴地把他翻過來。

「搞什麼……真的整個人壞掉了嗎？那個勇者大人變成一個傀儡？」

從現在依然緊抱著兩把劍的手臂當中奪走白色劍鞘。被粗暴拔出的劍身，暴露出從中折斷的狼狽模樣。

PoH隨著盛大的咂舌聲準備把劍丟掉時——

「啊……啊……」

桐人帶著細微的沙啞聲音，虛弱地將左臂朝著白劍伸去。

「哦？動了耶！怎麼，你想要這個嗎？」

PoH像要吊人胃口般移動著白劍，然後隨手把它丟出去。接著一把抓住桐人在空中隨著劍移動的左臂，然後把他拉起來。

「喂，說句話啊！」

PoH的左手賞給桐人耳光後發出「啪啪！」的聲音。

亞絲娜的視界因為過於憤怒而染上淡紅色。但比再次準備站起來的她快了一步，克萊因嘔血般的吼叫聲已經響徹現場。

「臭傢伙！你這臭傢伙不准碰桐人——————！」

想用單手抓住對方的克萊因，背部被一把大劍貫穿，無情地把他釘在地上。

即使「喀」一聲吐出大量鮮血，克萊因還是撕裂自己的身體，繼續想往前進。

「只有……你……！絕對……無法原諒…………」

咚喀！

鈍重的聲音響起，第二把劍貫穿克萊因的身體。

讓人不敢相信到現在竟然還沒乾枯的眼淚不斷地從亞絲娜雙眼溢出。

＊＊＊

在一隻腳不知道被轟到哪裡去的疼痛之前，詩乃先嘗到了無法順利飛行的恐懼。

至今為止，詩乃是以腳踢著空氣的感覺來控制任意飛行。結果只靠右腳來嘗試的急速迴避，變成了狼狽的圓錐狀旋轉。

「嗚…………」

詩乃一邊咬牙，一邊進行著唯一可能的迅速行動，也就是不斷筆直往後退。從左腳流出的鮮血在空中拉出一條紅線。

盡可能以最快的速度拉開與敵人的距離，並且瞄準Subtilizer，發射了第三發子彈。

但以寬裕表情追上來的敵人，手中的步槍也同時開火射出第四發子彈。

在同一直線上往前突進的兩顆子彈，交錯的瞬間發出尖銳的不協調音與鮮艷的火花並且偏離軌道，各自往遙遠的虛空飛去。

拉下退彈桿把持續在胸口深處擴散的恐懼隨著彈殼一起排出，詩乃接著發射第四發子彈。

兩道雷鳴聲又再次同時響起。子彈接觸的瞬間，巨大能量在空中擴散，畫出螺旋軌跡往外飛去。

第五射、第六射。

結果都是一樣。Subtilizer明顯是故意配合詩乃的射擊來扣扳機，不斷讓子彈互相衝突。

現實世界就不用說了，就連在GGO裡也辦不到這種事。但是，這個世界一切以想像力為優先。本來就有此企圖的Subtilizer就不用說了，因為就連詩乃也預想會出現這種結果，因此以超音速飛行的子彈互擊這種不可能的現象也變成現實。

第七發子彈邊撒著哀戚的聲音邊大大地往右邊錯開並且消失。

即使如此，詩乃也只有拉退彈桿、瞄準、扣扳機這三個動作可以做了。

退彈、瞄準。

——喀嚓。

撞針配合著詩乃手指的動作發出空虛的「喀嚓、喀嚓」聲。

黑卡蒂II的裝彈數，一個彈匣是七發。沒有預備的彈倉。

相對的，巴雷特XM500的裝彈數是十。目前還剩下兩發。

詩乃清晰地看見了，在距離一百公尺以上的地點，Subtilizer臉上浮現的冷笑。

架在手上的黑色槍械噴出火來。

繼左腳之後，詩乃的右腳也從底部被轟飛。

這一瞬間，就連一直線的飛行都辦不到，詩乃的身體慢慢開始往下掉。

抑制了後座力的Subtilizer，為了發射最後一擊而把右眼貼在瞄準器上。被鏡頭擴張到最大的藍色玻璃般眼睛，筆直地貫穿了詩乃的心臟。

——對不起。

對不起了，亞絲娜。對不起了，結衣。對不起了……桐人。

詩乃在嘴裡這麼呢喃之後，XM500的第十發子彈就從它的下顎解放出來。

空中拉出一條紅色火焰的螺旋，正確地順著Subtilizer的視線飛過來的子彈，粉碎了詩乃的鎧甲、蒸發了她的上衣，前端碰到她的肌膚——

啪嘰！

再次迸出那道火花。

睜開快要閉上的雙眼，出現在詩乃眼前的是，小小的銀色圓盤擋住高速旋轉的細長子彈。旋轉的白色火花當中，厚度不到兩公釐的金屬，像是在展現堅定的意志般發出光輝，看見這一幕的瞬間，詩乃的雙眼就溢出淚水。

——不能放棄。

絕對不能放棄。要相信自己和黑卡蒂，以及透過這個金屬與自己連結在一起的一位男孩。

隨著更加激烈的閃光，銀盤與步槍子彈同時蒸發掉。

詩乃以堅定的動作架起黑卡蒂II，並把食指放到扳機上。

就算因為想像力而讓這把武器變成槍的形狀，但是系統上賦予武器的特性應該還是持續存在才對。也就是自動從周圍的空間吸收資源，化成攻擊力裝填進去的索魯斯之弓——「殲滅光線」的力量。

這樣的話就能射擊。不論彈匣的子彈是否用盡，黑卡蒂都會回應自己。

「去……吧——！」

詩乃扣下扳機。

發射出去的並非帶著金屬的穿甲彈。

凝縮無限能源所形成的白色光線，一邊從槍口制退器放射出七彩極光，一邊一直線飛奔過天空。

笑容從Subtilizer的臉上消失。當他準備往右橫移來閃避的瞬間，白光直接擊中巴雷特的槍身。

橘色火球往外膨脹，完全吞沒了Subtilizer——

轟然巨響。爆炸。

肌膚感受著蜂擁而至的熱風，詩乃就像石頭一般落下，數秒鐘後猛烈地撞上滿是岩石的地面。

不要說飛行了，就連爬行都辦不到。被轟飛的雙腳帶來強烈的疼痛，甚至讓詩乃要保持意識都很困難。

即使這樣，詩乃還是抬起眼瞼，想要看清渾身解數的一擊有什麼結果。

飄盪在遙遠空中的黑煙被風吹走。

從中出現的是——Subtilizer持續盤旋著的身影。

但他不是毫髮無傷。被捲進步槍爆炸的右臂完全消失，從肩口冒出淡淡的白煙。原本光滑的右臉也被燒焦，從嘴唇垂下一條血跡。

Subtilizer的臉上終於浮現凶惡的殺意。

……沒問題。不論來多少次我都會當你的對手。

詩乃擠出剩下來的所有力氣，準備舉起黑卡蒂。

幾秒鐘後，Subtilizer的視線忽然移開。有翼生物轉身改變方向，拖著一縷細煙一直線往南邊飛去。

詩乃輕輕地把快要無法保持外型的反器材步槍放到地面上。一觸碰到地面的瞬間，它就變回原本的白色長弓。

詩乃用最後的力量舉起右手，撫摸著留在胸口的鍊子底端。

「…………桐人……」

在呢喃的同時，眼淚也順著臉頰滑落。

＊＊＊

莉法已經沒有多餘的心思把插在身體上的數把刀刃拔出來丟棄了。

全身的疼痛融合在一起，就像是直接用針刺激著完全外露的神經一樣。

好幾道傷痕已經很明顯可以稱為致命傷了。一有動作貫穿腹部的兩把劍就會割傷內臟，從背部貫穿胸口的一把劍則確實地刺中了心臟。

但是莉法還是沒有停下來。

「唔……喔喔啊啊！」

大量鮮血隨著吼叫聲迸出，她發動了不知道是第幾十次——或許是第幾百次的劍技。

長劍「鮮果靈魂」帶著綠色光輝，在空中往四面八方砍去。凝聚在周圍的光之圓弧，經過一瞬間蓄力後無聲往外擴散，跟著就有無數敵兵的身體開始崩壞。

看準施放大技後的僵硬時間，數名敵人一起殺到。雖在千鈞一髮之際往後飛退而避開大半的攻擊，左臂還是因為長斧槍的一擊被砍掉了。

好不容易才站穩腳步，沒有因為衝擊而跌倒……

「嘿呀啊啊啊！」

快速的橫掃一次砍翻三個人。

莉法撿起掉在地上的左臂，把它按在傷口上之後用力踩下右腳。

地面隨著綠色閃光冒出花草並且消失。ＨＰ跟著恢復到上限，雖然留下慘不忍睹的傷痕，但是左臂已經再次接上了。

這種狀況之下，提拉利亞帳號賦予的無限回復能力已經無法稱為神的恩寵了。

反而應該說是詛咒還比較合適。不論受多少傷，嘗到多少劇痛都不能夠倒下。雖然是不死但不是不可侵犯，因此得承受難以想像的折磨。

支撐著莉法的，唯一就只有一個信念。

——哥哥的話。

絕對不會因為這點傷而倒下。

這樣的話，我也不會倒。不過是三千名敵人，看我獨自把他們全都幹掉。因為我是……哥哥的……「黑衣劍士」桐人的…………

「————妹妹啊啊啊啊！」

架在左手上的長劍刀尖迸發出鮮紅光輝。

隨著「喀咻！」的重金屬聲被刺出來的刀上，施放出巨大的光之槍，筆直地貫穿戰場達一百公尺以上。敵兵的身體「啪嚓！」一聲彎成圓形往外飛散。

急遽吐出的氣息，立刻變成大量的鮮血。

莉法擦拭完嘴角，搖搖晃晃地站起身時，隨著低吼飛來的長槍直接貫穿她的左眼然後從後腦勺透出去。

「……呼……呼…………」

雖然往後踉蹌了幾步——但莉法還是沒有倒下。

她以左手握住槍柄，一口氣將其拔出。疼痛之外的另一種異樣感覺穿透頭部內側。

「嗚……嗚嗚嗚喔喔喔！」

她邊叫邊猛烈踏步來回復自己的HP。暫時欠缺的左側視界，隨著「噗滋」一聲復活了。

一看之下，不知不覺間敵人也只剩下一百人左右。

莉法咧嘴笑了起來，把滿是鮮血的左手往前伸，將手掌朝上之後，動起了併攏的手指。

面對發出自暴自棄的吼叫聲往這邊突進的集團，她滋一聲以沉重的動作揮落長劍。

「咿耶……啊啊啊啊啊！」

劍光一閃。

鮮血噴起，莉法毫不畏懼地闖入遭到阻斷的敵人集團中央。

大約三分鐘後，最後的敵人倒下時，莉法身體也增加了十把插在上面的金屬。

四肢失去力量，搖搖晃晃地往後倒去，結果被貫穿到背後的劍與槍撐住而在途中停住。

聽著利魯匹林等人以近似悲鳴的聲音呼叫自己名字，並且往這裡奔跑過來的腳步聲，莉法閉起眼睛並且小聲呢喃著：

「我……盡力了……哥哥…………」

＊＊＊

從左耳的耳麥聽見經過壓抑的叫聲時，柳井手上手槍的扳機也同時動了起來。

「比嘉，快閃開！」

咦？

閃開……是要我閃子彈嗎？

剛浮現這種愚蠢的想法不久，比嘉就聽見從很高的地方有某種物體撕裂空氣掉下來了。

喀啊！

這道聲響並不是槍聲。而是從頭上遙遠處的導管入口丟下來的某樣物體，直接擊中了柳井的腦門。

柳井瞪大的雙眼瞬間往上飄。握住梯子的左手也整個滑落。

「嗚哇……等等……」

比嘉忘記肩膀的痛楚而用右手握住梯子，然後盡量把身體貼在導管的壁面上。

首先落下來的是，讓人很想說到底從哪裡弄來的巨大扳手。接著是還飄盪著硝煙味的小型手槍從眼前橫越。

最後是喪失意識的柳井，身體剛好被夾在比嘉與導管壁面之間而停了下來。

「咿……咿！」

比嘉忍不住縮起肩膀，更用力將背部往壁面擠去。

柳井的身體慢慢滑落，汗臭味就這樣一邊抹在比嘉的襯衫上一邊通過——

「…………啊。」

比嘉這麼呢喃的同時，他已經掉到正下方深約五十公尺左右的直向洞穴裡去。傳出數次與壁面以及梯子撞擊的聲音，最後才是「咚滋」的沉重碰撞聲。

「…………嗯……」

死掉了嗎……？不，照那個樣子來看，大概斷了兩三根……不對，是五六根骨頭吧……

這時是耳麥裡傳來近似悲鳴的通訊，打斷了比嘉這種快要停止的思考。

「比嘉……喂，比嘉！你沒事吧？快回答我啊！」

「…………沒有啦，只是有點嚇了一跳……凜子學姊也會發出這種聲音嗎……」

「你……還有心情說這種閒話！受傷了嗎？有沒有被打中？」

「啊～嗯……」

比嘉再次望著右肩的傷口。

出血量逐漸讓人覺得有點恐怖。右臂雖然能動但已沒有感覺，而且還覺得很冷。感覺也沒辦法像平常那樣思考。

但比嘉還是大大吸了口氣，把力量積蓄在腹部之後，盡可能以充滿精神的聲音說：

「沒有啦，我完全沒事喲！只是擦傷而已。我要繼續作業，拜託學姊幫忙觀察桐人小弟的狀況嘍！」

「……真的不要緊吧？我可以相信你吧？說謊的話可饒不了你喔。」

「當然……請相信我吧。」

比嘉仰起頭，對著在數十公尺前方艙門探出頭來的凜子慎重地揮了揮了揮手。在這種距離與陰暗度之下，對方應該無法確認到自己流血的狀況才對吧。

「那麼……我就回主控室了，圖表有什麼變化的話我會立刻衝過來！拜託你了，比嘉！」

剪影縮回去的瞬間，比嘉忍不住輕輕呼叫了對方一聲。

「啊……凜……凜子學姊。」

「怎麼，有什麼事嗎？」

「沒有啦……那個，嗯……」

——你知道學生時代不只是茅場學長和須鄉那個混帳，連我也深深為妳著迷嗎？

比嘉雖然想這麼說，但是感覺說出這種話生還機率就會大幅度降低，所以就用其他的話來把事情帶過。

「那個，這場大騷動全部結束之後，一起去吃頓飯如何？」

「……我知道了，不論是漢堡還是牛肉蓋飯我都請你吃到飽，好好加油吧！」

然後神代博士的身影就從比嘉的視界裡消失了。

——太廉價了吧。

應該說，兩者都很像要掛掉的傢伙會說的話。

比嘉露出苦笑，接著把視線移回左手的筆電上。將指尖麻痺的右手放到鍵盤上面，慎重地開始輸入指令。

四號ＳＴＬ……連接到三號。五號、六號……連接。

或許是失血的緣故吧，眼前的文字忽然變成雙重，比嘉搖了搖頭並在心底深處呢喃著。

——好了，桐人小弟，差不多到起床的時間啦。

＊＊＊

亞絲娜透過淚水的薄紗，專心一志地凝視著愛人的模樣並且祈禱。

——桐人，拜託你。我的心與生命，什麼都可以給你……所以，快醒過來吧。

——桐人。

＊＊＊

——桐人。

＊＊＊

——哥哥。

＊＊＊

……………醒來吧……桐人……

5

桐人。

感覺有人在叫自己的名字——

意識被從淺淺的假寐當中拉回來。

抬起眼瞼，就看見在橘色光芒中浮遊的無數細微粒子。

朦朧的視界慢慢聚集焦點。

搖晃的白布——是窗簾。

銀色的窗框。老舊的玻璃。

晃動的樹梢。緩緩在染著夕陽顏色的天空中延伸的飛機雲。

吸了一口滿是灰塵的空氣撐起身體，就看見穿著水手服的背影站在深綠色黑板前。發出「咻咻」聲從黑板上滑過的板擦，把用白粉筆寫上的文字清除掉。

「……那個，桐谷同學。」

再次被叫到名字而移動視線，就和以有些怯懦又有些焦急的表情低頭看著我的另一名女學生四目相交。

「我想搬桌子了。」

看來我是在班會中睡著，一直睡到了打掃的時間。

「噢……抱歉。」

呢喃了一聲，把掛在桌旁的包包用手指勾起來，我也跟著起身。

感覺腦袋昏昏沉沉。

有種剛看完時間相當長——長到難以想像的電影之後的疲勞感。明明想不起任何的情節，卻有深沉粗暴的感情殘渣緊緊黏在腦袋裡，讓我用力搖了搖頭。

我把視線從露出疑惑表情的女學生身上移開，一邊朝著教室的後門走了幾步，一邊輕輕呢喃著。

「什麼嘛……是夢嗎…………」

（Alicization awakening 完）

後記

很感謝您閱讀《Sword Art Online刀劍神域17　Alicization awakening》。

（請注意：接下來將會透露一大堆劇情！）

從上一集「exploding」開始就讓大家等待了許久，真的非常抱歉。本集的副標題「awakening」是「覺醒」的意思，因此大家可能會認為「我們從第15集開始就一直沉睡的桐人先生終於要醒過來了嗎！」，但很抱歉的是因為各種原因，只能在「醒來了嗎……？還在睡嗎……？」的情境之下等待下一集揭曉。其實我也很想收錄到「第二十一章　覺醒」結束，但這樣的話就會變成本集的分量相當厚，而接下來的第18集相當薄這種極不平衡的構成，於是只能在百般不願意的情況下在此收尾。雖然不能說是「相對地」，但下一集不會讓大家等太久，將依「下一本」再「下一本」的順序出現在大家面前，還請各位再稍待片刻……！

接下來要稍微提一下本集的內容。在加百列、瓦沙克、克里達邪惡的計畫之下，美國、韓國與中國的ＶＲＭＭＯ玩家大舉攻入地底世界，與人界軍和日本人玩家展開連番激戰，我大約十年前左右在網路版寫到這部分情節時，是存在「如果能成為讓大家重新思考當時網路遊戲世界排斥外國人玩家的風氣」……這樣的意圖。但是長期以來都對自己描寫的能力不足，導致反而只煽動了敵愾心這樣的結果感到很愧疚。

在作為電擊文庫版加寫與修改時，曾經想過把這些情節整個變更，但是又覺得這樣也算是在逃避……結果，大致上的情節還是沒有什麼改變。面對從Progressive就暗中開始活躍的「煽動PKer」瓦沙克／PoH所產生的惡意，桐人將會帶來什麼樣的結局呢，關於這一點也請大家靜待到下一集就能了解了。

SAO系列從網路的一隅誕生到現在是第十五年了，雖然有真的持續了很長一段時間的感慨，但接下來還會藉由劇場版、遊戲以及其他許多的企畫來擴展SAO世界，所以請各位今後也要陪著我繼續走下去。最後還是要謝謝幫衝進地底世界的莉法與詩乃繪製凜然又美麗插畫的abec老師，以及以編輯身分開始全新挑戰的責任編輯三木先生！

二〇一六年三月某日　川原　礫

加速世界 20

Accel World

川原 礫
插畫／HIMA

「——要上了，Rain！」
「——來吧，Lotus！」

面對與所有事件的元凶以及幕後黑手的白之王「White Cosmos」的決戰，
黑雪公主率領的「黑暗星雲」與紅之團「日珥」舉行了合併會議。
黑暗星雲出席者十一名，日珥的出席者總數則是三十三名。
春雪初次見到足足有自己軍團三倍規模的大軍團全貌，不禁感到咋舌。
然而會議卻從序盤開始就有著令人意想不到的展開。

「Silver Crow！你就代表黑暗星雲來跟我對戰！」
面對初次見面的超頻連線者突如其來的挑戰，春雪的選擇會是——？

另一方面，仁子與黑雪公主也準備展開禁斷的「王」與「王」的對戰。
對峙的兩人是否能夠成功統合黑暗星雲與日珥這兩個軍團呢——！

Kadokawa Light Novels

月界金融末世錄 1 待續

作者：支倉凍砂　插畫：上月一式

支倉凍砂擔任腳本的
同人電子小說完全版正式登場！

月面都市是人類文明的最前線所在。在月球出生的離家少年阿晴，懷抱著立身於前人未至之地的夢想。為了達成這個目標，他為此踏入「股票市場」。而當阿晴在月面都市一角，邂逅了貌美的天才少女羽賀那時，命運開始轉動——

NT$480/HK$145

台灣角川

Kadokawa Light Novels

與折原臨也共度黃昏

作者：成田良悟　插畫：ヤスダスズヒト

《DuRaRaRa!!》系列最黑心男人的外傳作品——
愛看好戲的男人，繼續製造災難的胡搞瞎搞劇！

我是情報商人——有名男子如此誇口著。但是，先別談他是不是真的靠著當「情報商人」為業，他的確有能力獲得許多情報。他絕對不是正義的夥伴，也非惡人的爪牙。他就只是愛著眾人罷了。就算結果是毀掉所愛的人，他也能一視同仁地愛著那些人們——

台灣角川

NT$220/HK$68

Kadokawa Light Novels

虹色異星人

作者：入間人間　插畫：左

由《說謊的男孩與壞掉的女孩》搭檔攜手獻上，
發生在地球上某處的小小星際交遊故事。

她若不是冷麵小偷，多半就是外星人了。接下來發生的，是在一個狹小的公寓房間裡與虹色異星人之間壯闊的第一類接觸——這個故事，早已從窗外、從外頭，從肚子裡開始。從太空來的彩虹，今天依舊溫暖。外星人和地球人都是這個宇宙的人。

台灣角川

NT$240/HK$75

國家圖書館出版品預行編目(CIP)資料

Sword Art Online刀劍神域. 17, Alicization awakening / 川原礫作 ; 周庭旭譯. -- 初版. -- 臺北市 : 臺灣角川, 2016.12

面； 公分

譯自 : ソードアート·オンライン. 17, アリシゼーション·アウェイクニング

ISBN 978-986-473-418-4(平裝)

861.57 105020144

Kadokawa
Fantastic
Novels

Sword Art Online刀劍神域 17

Alicization awakening

（原著名：ソードアート・オンライン 17 アリシゼーション・アウェイクニング）

2016年12月15日 初版第1刷發行
2022年11月24日 初版第7刷發行

作者：川原 礫
插畫：abec
日版設計：BEE-PEE
譯者：周庭旭

發行人：岩崎剛人
總編輯：蔡佩芬
副總編輯：朱哲成
美術設計：李思穎
印務：李明修（主任）、張加恩（主任）、張凱棋

發行所：台灣角川股份有限公司
地址：104台北市中山區松江路223號3樓
電話：（02）2515-3000
傳真：（02）2515-0033
網址：www.kadokawa.com.tw
劃撥帳戶：台灣角川股份有限公司
劃撥帳號：19487412
法律顧問：有澤法律事務所
製版：尚騰印刷事業有限公司
ISBN：978-986-473-418-4